〖中华诗词存稿·名家专辑〗

中华诗词学会 编

绿涛室诗詞集

钱志熙 著

图书在版编目（CIP）数据

绿涛室诗词集 / 钱志熙著 . -- 北京 : 中国书籍出版社 , 2020.8

（中华诗词存稿）

ISBN 978-7-5068-7889-0

Ⅰ . ①绿… Ⅱ . ①钱… Ⅲ . ①诗词—作品集—中国—当代 Ⅳ . ① I227

中国版本图书馆 CIP 数据核字 (2020) 第 106997 号

绿涛室诗词集

钱志熙 著

责任编辑 李国永
责任印制 孙马飞 马 芝
封面设计 采薇阁
出版发行 中国书籍出版社
地 址 北京市丰台区三路居路 97 号（邮编：100073）
电 话 (010) 52257143（总编室）(010) 52257140（发行部）
电子邮箱 eo@chinabp.com.cn
经 销 全国新华书店
印 刷 北京虎彩文化传播有限公司
开 本 710 毫米 × 1000 毫米 1/16
字 数 200 千字
印 张 18
版 次 2020 年 8 月第 1 版 2020 年 8 月第 1 次印刷
书 号 ISBN 978-7-5068-7889-0
定 价 198.00 元

《中华诗词存稿》
编委会名单

作者简介

钱志熙，1960年出生于浙江乐清。北京大学中文系教授，中文系学术委员，北京大学古代文体研究中心主任，教育部长江学者特聘教授。曾任教育部高等学校中文教学指导委员会委员，曾获北京市哲学社会科学成果奖一等奖三次，教育部高校人文科学成果奖两次等奖项，入选教育部跨世纪人才培养计划，享受国务院政府特殊津贴。北京市精品课程“古代文学”主持人，2012年被评为北京市高等学校教学名师。曾在日本、新加坡等地讲学，曾任东京大学中国语言文学研究室外国人教授，香港大学中文学院访问教授。社会兼职有中华诗词学会副会长，中国李白研究会会长，夏承焘研究会会长，中国刘禹锡研究会副会长。

主要从事中国古代诗歌史及其文化背景的研究，著有《魏晋诗歌艺术原论》、《唐前生命观和文学生命主题》、《黄庭坚诗学体系研究》、《汉魏乐府艺术研究》、《中国诗歌通史·魏晋南北朝卷》、《陶渊明传》、《唐诗近体源流》、《陶渊明经纬》等专著10余种，发表学术论文190余篇。

总 序

我们这个诗歌大国有一个很好的传统，历来注重“采诗”、搜集整理诗歌材料。作为唯一的全国性诗词组织的中华诗词学会，自1987年5月成立以来，就十分重视这项工作。学会每年的学术研讨会和历届“华夏诗词奖”，都出版论文集和获奖作品集。纪念学会成立二十年、三十年时，还专门编辑出版了《大事记》《论文选集》《诗词选集》。《中华诗词》创刊以来，每年都制作年度合订本。2007年5月，在北京天识东方文化艺术传播有限公司的资助下，以近代以来诗词创作、诗词理论、诗词运动重要文献汇编，当代名家个人作品专集等为主要内容，出版了《中华诗词文库》。经过十来年的编辑整理，已经出了近百卷。这些诗集、文集的出版，记录了近百年来尤其是改革开放四十多年来，中华诗词从起步、复苏走向复兴的砥砺前行的历程，为近、当代诗歌史的撰写准备了丰富的资料。

党的十八大以来，中华民族优秀传统文化重新受到应有的重视。习近平总书记《念奴娇·追思焦裕禄》词和《军民情》七律的相继发表，引领中华大地诗潮滚滚而来。《中共中央关于繁荣发展社会主义文艺的意见》和中办、国办《关于实施中华优秀传统文化传承发展工程的意见》，都明确提出“加强对中华诗词、音乐舞蹈、书法绘画、曲艺杂技和历史文化纪录片、动画片、出版物等的扶持。”国家教育部组织制定由中华诗词学会起草的新中国语言体系中的新韵书《中华通韵》已经通过国家语言文字工作委员会语言文字规范标准审定委员会审定，即将颁布全国试行。这些都使我们真切地感受到，中华诗词的春天真的到来了。诗人们乘着骀荡春风，正以高昂的激情，书写着中华民族伟大复兴的新时代、新史诗，国家富强、民族振兴、人民幸福的中国梦；正以与人民同呼吸、共命运的诗人之心，对人民的欢乐、人民的忧患、人民的情怀给以诗意的表达；正以“美”或“刺”的诗人之笔，对市场经济大潮中人民对幸福生活的期待，对美好未来的希望，对假丑恶的深恶痛绝，或给以方向，或给以赞美，或给以鞭挞。正如习近平总书记所指出的：“好的文艺作品就应该像蓝天上的阳光、春季里的清风一样，能够启迪思想、温润心灵、陶冶人生，能够扫除颓废萎靡之风。”

当前，传统诗词创作者和诗词爱好者队伍发展迅速，已超过三百万。每天创作的诗词作品超过唐诗、宋词、元曲的总和。诗词评论研究队伍也成长很快，诗词评论、诗词学、诗词创作理论研究成果丰硕。如何从浩如烟海的诗词作品中“淘”出优秀作品，并使之存下来、传下去，如何使诗词研究理论成果“面世”并发挥应有的指导作用，确实是摆在我们面前的无可回避的一个重要课题。中华诗词学会是一个没有国家编制，没有国家拨款的社会团体，事业的运转主要靠社会赞助和会员费支撑。俊识（北京）文化传媒有限公司总经理吕梁松、北京采薇阁总经理王强，两位一直是对中华传统文化情有独钟的热心人，慷慨解囊，愿意同中华诗词学会一起，搜集整理编辑推出《中华诗词存稿》这套书，共同为中华诗词文化的继承和发展，做成这件十分有意义的事情。

《中华诗词存稿》主要搜集整理出版三部分内容的资料：一是当代诗词名家的个人作品集；二是当代诗词评论家、诗词学者的学术著作集；三是当代诗词作品、诗词理论学术成果阶段性、专题性、地域性的集成类作品集。诗词作品强调精品意识，沙里淘金，把“有筋骨、有道德、有温度”的优秀诗词作品搜集起来。诗词评论、研究类资料强调理论性和创新性，应具有鲜明的个性特点，具有创建性的见解。集成类的资料应有一定的史料保存价值。总之，做成一套具有当代价值和历史意义的好书。在此，我们编委会人员，向提供资料、筛选编辑、版面设计、校对勘误，包括所有为这套资料付出辛勤劳动的同志们，表示真诚的谢意！

郑欣淼

二〇一九年七月于北京

自　　序

东瓯子览频年所为诗词如干篇，百计欲弃而终有不忍，姑裒集以梓行，犹豫然也！继复思集以何名？故家东南山水窟，名胜无算，若雁荡、白石，皆寰中绝胜也，然明诏大号，非我之能专，且古人多先我占之矣。因思半生所居，多在黉舍，虽所处偪仄，然校庭多植桐槐，绿荫成涛，每佔毕倦时，观之已久，如处连峰重叠之上，足怡神也。旧有句曰“赖有庭前树，临窗生绿涛”，因戏以绿涛室自署，取以名兹集。又仿山谷先生内外集之例，大抵断自获教授职称之后所作为内编；而以旧作奉赠新宁先生二律置其首，亦仿山谷内编以《古风二首上苏子瞻》冠首之例也。复以此前为外编，大抵自本硕博至从教初所作也。

呜呼！予幼当废儒斥文之世，风雅道绝，旧体所流行者，唯毛、鲁二家之诗，由缘皆取熟诵，至今不忘。忆曾仿作为所谓豆腐干体者，实未知平仄声韵之事也。稍长，于祖父焚余之藏箧中得《古文观止》、《千家诗》诸种，因模拟四六以为游戏，实亦未知有所谓骈体之名目也。尝见乡人有为诗词、四六文者，率皆俚俗，而当时皆以为天下之至文，而心甚羡之。呜呼！余之性喜文雅，所敢自信不疑。然使当年不得进学庠序，择文学一科肄业，并以诗古文辞为专门，则纵耽文艺而不能弃，亦永为豆腐干体、白话四六文而已矣。

外编存诗，自硕士始。忆就职温师之时，因所作渐多，删弃大半，得数十首，并以《桐窗诗课》题目，实即大学之中，以桐树最多故，无所奇也。然当时尚不知严守平水韵，用韵近于古风词曲。入燕园后，课业繁重，吟课少继，唯寒暑期省亲之际，得多为之，因结集为《二月楼诗草》，以暑假居家，常得二月许也。此名义乃仿浠水闻一多二月庐也。兹时虽知有平水韵，然仍依违于宽严之际，每援时流新韵之说以自解。一日，与新宁先生谈诗，知作近体必守上、下平声三十部之义。兹后即以此自律，并觉其中实有深趣。盖为诗词者，欲真求艺术之提高，必自严格律始。格律严则修辞精，修辞精则意境工，意境工则神韵出，如此可言吟咏情性矣。今当结集，于前期格律未严句法未工之作，弃收之间，颇费斟酌。然终以有前尘影事，髫龄壮齿之光景不欲忘怀者而存之。若《绿涛室诗集》者，则燕园从教后之作也，自以为略窥风骚之旨，虽难及古贤，与今人颉颃，似亦有一日之长也。今之后生学诗，当从唐宋入，上溯六朝至《诗》、《骚》，下沿明、清至近世诗界革命、同光体诸家。今人之作，略可参考而已。如遽从今世所谓大家、名流入手，奉为极诣，则诗词之道，永不复矣！

己亥岁杪东瓯钱志熙自序于京寓

目　录

外编（一）

外　编（二）

内编

一新师赴港讲学杜工部李义山，伯粤师母偕行。作此奉送二首

登临犹是满豪情，藜杖全抛作此行。
海上风烟秋共净，人间心迹晚双清。
藏山文字千篇好，惊座襟怀几辈倾。
想见香江多士女，门墙桃李发新荣。

殷勤诸子解征骖，拜手人人说道南。
珥笔兰台称宿学，横经绛帐发新谭。
红棉树色山山好，碧海诗情曲曲蓝。
略似坡仙携二友，平生杜李本同龛。

一九九一年十月十七日

高阳台·咏春忆江南旧游

巷陌莺花，旗亭柳色，举头十丈尘黄。点缀匆匆，一番京国春光。西园或许游人赏，触前朝，往事茫茫。剩垂帏，梦冷荼烟，尘暗缃藏。　旧游踪迹知何在？有白公堤草，谢客池塘。眉黛山横，水浸万绿青苍。一骑春衫人如玉，忆当时，孤躅寻芳。只如今，纵有闲情，难理清狂。

参加廿世纪中国古典文学研究回顾与前瞻研讨会镜泊湖小住

长车摇曳入边关，万里来看塞上山。
云外明湖开玉镜，画中丛阁拥螺鬟。
缁衣欲浣经年土，浮世聊偷数日闲。
归去京华应有怅，鸥盟未结亦须还。

寓前双槐初发英英如玉慰情良多为赋一律

当窗双树绿初生，并立斜阳倍有情。
细叶裁成同碧玉，轻条梳出似珠缨。
一春胜事凭谁问，尽日青眸向汝明。
更待黄昏月上后，为分清气入疏棂。

迎新世纪辞为《世纪颂》结集作

不是华阴学上仙，人间今亦别千年。
颂新我乏如椽笔，寿世人多似锦篇。
日月重辉双岛玉，风云又起几洲烟。
卧薪不弃仍尝胆，要跨唐前与汉前。

郴州永兴县函邀参加全国第三次中青年诗词创作研讨会辄赋一律奉寄组委会诸君

一书万里作招邀，共鼓神州诗国潮。
地是郴山绕郴水，人歌风雅与风谣。
南湘景物梦初到，北苑楼台兴转饶。
便折小笺思报李，定知高咏胜琼瑶。

乘车赴郴州诗会，车中多郴人，语际有感而作

车中旅客半郴州，为我殷勤作导游。
欲问当年秦学士，几回欲说又还休。

夏晚逃暑红湖校景亭小坐支微韵合用

夏木千章景自奇，红亭地僻到人稀。
碍行却喜盘云石，顾影偏怜沾草衣。
微月初生风淡荡，闲鸥重到水涟漪。
江湖旧梦终难歇，止渴聊来此一欹。

鸣鹤园里湖景多野趣有乾隆纪游诗碑已残缺

一角名园落照西，里湖人渺草萋萋。
连林芳树青无尽，出水新荷绿不齐。
坐爱松根多叠石，行怜堤面半为泥。
残碑约略前朝事，拂拭莓苔看旧题。

镜春园后湖林塘写真

绝怜风味似江村，远近林间几室存。
短短槿蓠依落照，青青芳草掩闲门。
前王废苑留人住，旧港新荷任鸟翻。
却惹庞眉载书客，一番梦想武陵源。

再题镜春园后湖林塘

不独林禽乐，幽荒我亦宜。
强行未开径，多事尚吟诗。
众绿参天外，群红照水湄。
念痴成失笑，结屋向茅茨。

咏勺园荷花　四首

（一）

日下相逢一粲然，江南曾咏叶田田。
池潢水积无鸥到，楼阁香熏有蝶怜。
交甫不来难解佩，陈王未赋也成仙。
微闻上舍多才子，道学风流可得传。

（二）

携来鸳侣影曈曈，共说莲心彻底红。
今日分池双滴泪，他年对月一怀侬。
关山南北看劳燕，楼阁东西忆暮鸿。
惭愧人夸王幕客，终输浣女与溪童。

（三）

庾尘又起点红衣，太息东华百事非。
不见菱歌飞作阵，空教车马看成围。
乡愁应在芙蓉国，旧侣犹依采石矶。
莫道秋深多结子，疗人功效愧莼薇。

（四）

墙角车声晓梦惊，方知身在凤凰城。
蝉风未起珠帘静，月露犹团翠被横。
微眺鳞霞羞映日，闲吹鱼浪暗调笙。
芳尘不扰香无极，诗客来吟解夜酲。

圆明园福海

九陌黄尘外，烟波一片秋。
围天自空阔，凿野出横流。
贮福终虚愿，苟安成永羞。
孤臣魂魄在，日落吊瀛洲。

【注】

火烧圆明园时，管园大臣投湖自尽。

再游福海

暑气侵人苦不醒，还来此地觅清泠。
四围树向湖心绿，一叠山从林际青。
小阁飞帘人卖酒，长天落日客扬舲。
瀛洲绝似君山碧，移我诗心在洞庭。

酷暑新馆空调室阅书

嫏嬛深处最清泠，插架缥缃列万屏。
不信六街风似火，云窗树色映微青。

七月三十日大雨一洗连旬剧暑雨后散步至钟亭小坐

积暑全消意洒然，小亭坐对雨余天。
一林风定犹啼鸟，万树凉生不噪蝉。
山远残云仍泼墨，湖平细浪更吹烟。
霁虹想见沧江上，秋水芦花照酒船。

戏为论诗绝句三十一首

侯人一曲起南音，燕燕楼台感慨深。
万古中华两诗祖，玉钗敲断作长吟。

《吕氏春秋•音初》“禹行功，见涂山氏之女，禹未之遇，而巡省南土。涂山氏之女乃令其妾候禹于涂山之阳，女乃作歌，歌曰：‘候人兮猗。’实始作南音。”又曰：“有娀氏有二佚女，为之九成之台，饮食必以鼓。帝令燕往视之，鸣若谥隘。二女爱而争博之，覆以玉筐，少选，发而视之，燕遗二卵，北飞，遂不反。二女作歌。一终曰：‘燕燕往飞。’实始作为北音。”

赓载卿云事总疑，黄歌断竹绝微辞。
何须写集三千卷，万世留传两字诗。

存世之上古诗章，如《赓歌》《大唐歌》《卿云歌》等，类多后人伪托。唯《弹歌》为原始歌谣无疑。歌为两言体，辞云：“断竹，续竹。飞土，逐宍（肉）。”我国文人作诗，世愈后则个人创作量愈多，大抵言多产者，魏晋以数十计，齐梁以数百计，唐逾千，宋逾万。龚定庵有句云：“安排写集三千卷，料理看山五十年。”

河上荇花映髻丫，参差欲采水流斜。
小民尽有关雎乐，何必风情属帝家。

《毛诗》云：“《关雎》，后妃之德也。”汉儒说诗，以王家一统之政教为核心，故微事闲情，必附会于政治。而数千年守之，未有异议，斯亦中国文化之一奇特现象也。今人已明乎风诗之民歌性质，于关雎、静女一类诗，早已恢复其民间爱情诗真相。因戏咏之。

孔门岂是少诗情，秋蟪违山十里听。
谁料百家俱黜后，反输高叟足门生。

原始儒家尚富有自由活泼之诗性精神。（此敝著《魏晋诗歌艺术原创论》之说。）孔子及其弟子多诗意语，孔子云：“违山十里，蟪蛄之声，犹在于耳。”此尤饶兴趣。孟子云：“固哉！高叟之说诗也。”汉儒之说诗，其固凿尤甚于高叟也。

巫唱巴音不计年，灵均哀愤出新篇。
香兰芳芷俱成托，从此潇湘是恨天。

楚声为一独立之音乐系统。原始楚歌，主流为民间祭祀歌唱，此说东汉王逸注《九歌》已发明之。近人对于楚辞与原始楚歌暨楚文化关系研究甚多。屈原《离骚》等诗，开创文人寄托之风，为文人诗之远祖。又楚地自古多诗人，气类多慷慨悲愤，迄近代湖湘诗风犹盛，谭浏阳有“一时诗思落湖南”（《论艺六绝句》）之句。此俱可谓远绍屈子之遗风也。

一为哀怨一贞娴，女子才华称二班。
歌出汉家安世策，媛诗第一属唐山。

汉代女性，长于文学，尤善歌诗。班婕妤为班固祖姑，成帝初选入后宫，有集一卷，《怨诗》咏团扇一首流传于世，为乐府之经典。班固妹曹大家班昭，亦为一著名之女文学家，工于辞赋，流存有《东征赋》《针缕赋》《大雀赋》《蝉赋》等，其《女诫》一篇，为整个封建社会女性教育之必读书。《安世房中歌》为汉宗庙乐章，高祖唐山夫人所作。孝惠帝二年，使乐府令夏侯宽备其箫管，更名《安世乐》。此歌虽为祭祖灵之诗，然歌中核心主题为阐颂以孝治天下，以安乐和万民与夷狄的政治理念。如云：“大矣孝熙，四极爰臻。”“皇帝孝德，竟全大功，抚安四极。”“安其所，乐终产。乐终产，世继绪。飞龙秋，游上天。高贤愉，乐民人。”“呜呼孝哉，案抚戎国。蛮夷竭欢，象来致福。兼临是爱，终无兵革。”其在上则提倡“治本约”，对下则力求“泽弘大”，即轻徭薄敛，与民休息之政策也。尤其是关注下民之乐，云：“孔容之常，承帝之明。下民之乐，子孙保光。”此皆可证汉初扫除苛政，倡无为而治的政策。故唐山夫人《安世房中歌》，即汉庭之治安策也。安得不推其为汉代女子诗歌之首唱乎？

胡夷里巷有真师，一曲巴人未可嗤。
千古知音郑夹漈，解言声好不关辞。

风诗乐府，俱以乐为本体，诗附于乐。后人每挟纯粹诗艺之观点看待，未免失之毫厘，差之千里。郑樵《通志·乐府总论》：“呜呼，诗在声而不在义。犹今都邑有新声，巷陌竞歌之，岂为其辞义之美哉？直谓其声新耳！”此论最确，余近来讲学著述，凡及于乐府者，力阐此义。

神仙踪迹苦微茫，乐府经营两武皇。
一部铜台歌夜月，分明遗响付清商。

汉武寻仙，至死未悟。魏武以为神仙之事终近迂怪，其《精列》云：“思想昆仑居，见欺于迂怪。”然终难舍此幻想，故多作为游仙诗，以为陶情之具。又人尽知汉武立乐府之事，而鲜知魏武建安中经营乐府之事。魏代俗乐机构曰清商署，其规模即定于曹操。又操建铜爵台，盛具女乐，魏晋清商乐之规模，实奠基于此。

思王跋海掣长鲸，文帝扬帆风日明。
陈家语为曹家说，一双难弟与难兄。

曹植诗长在驰骋辞翰，气势夺人；曹丕诗则洋洋清绮，意在自得。《世说新语·德行》“陈元方子长文有英才，与季方子孝先各论其功德，争之不能决。咨于太丘，太丘曰：元方难为兄，季方难为弟。”“难为”二字，移评丕、植，尤觉有味。

曹刘去后只双星，中散才华敌步兵。
论定竹林仙与酒，当时何处着诗名。

建安以后，诗赋衰微，正始、竹林名士，俱唱玄谈，不以文学为怀，无复邺下群贤属和之风。唯阮、嵇作诗，自咏其高怀幽愫，本无关于时流推激也。嵇《秀才从军》十九章，时人或曾流传；阮《咏怀八十二首》，以语涉讥讪，颇疑当时匿而未发也。从知竹林之游，玄放而已，原非文士之会。徒使嵇阮二生，唯以寻仙、耽酒名当世也。

三都赋罢咏荆高，一睨权家气自豪。
天使烟尘靳真隐，不教山水续《离骚》。

左思向以寒素之士自居，早年尽力十载作《三都赋》，实欲以此动公卿之名，用取贵仕。此乃西晋大多数寒素文士进身仕途之基本途径。予《魏晋诗歌艺术原论》第四章第一节已详论之。特因此途径于傅、张之时，犹能通畅；塈乎晋室末造，政治更腐，此道亦塞。左思最终意识此不可动摇之特权制度，故赋成虽令洛阳纸贵，然其思想已完全自觉，不复做凭文章才能以取贵仕之梦想矣。是以有《咏史》之作，抒发寒素不平之感。其六咏荆高云：“荆轲饮燕市，酒酣气益震。高歌和渐离，谓若旁无人。虽无壮士节，与世亦殊伦。高眄邈四海，豪右何足陈。贵者虽自贵，视之若埃尘。贱者虽自贱，重之若千钧。”思因此而有隐逸之志，颇欲放情山水，以消其当世不平之感，是以《咏史》其五云：“被褐出阊阖，高步追许由。振衣千仞冈，濯足万里流。”又作《招隐士》两首，境为山水，而情类屈骚。其名句有“非必丝与竹，山水有清音”，不啻为山水美之首次明确表露。又《晋书》本传载，思于贾谧被诛后，“退居宜春里，专意典籍。齐王冏命为记室督，辞疾不就。及张方纵暴都邑，举家适冀州。数岁，以疾终。”若使思得一隐居之地如郭景纯之青溪，安知其不为山水之开创者乎？

永和结集在兰亭，王谢诸郎句未精。
一代文章重门第，不知世有湛方生。

东晋重清谈而轻文学，余气流为文体，故玄言一枝独盛。永和修禊玄咏山水诸作，结为兰亭集，开山水诗风气，然类皆率而之作。湛方生为晋后期诗人，稍早于陶渊明，气类与渊明相似，其作品存世二十余篇，诸体俱擅，而山水之作，尤为清超。然钟嵘《诗品》未有语及之。盖江左文章，每以门第定，寒素因人微而湮沉。余尝著文论方生之文学成就，并考其生平。

陶令风流似外家，曾将功业慕长沙。
黄花九日又无酒，想象龙山帽影斜。

渊明最所仰慕之家族人物，为其曾祖陶侃与外祖孟嘉，而嘉又侃婿。侃为中兴名臣，爵至长沙公。《命子》赞云："桓桓长沙，伊勋伊德。"果为渊明始徇名教之最高理想也。嘉为东晋名士，其任真之人格，见于渊明所作《孟府君传》，于中九日龙山落帽之事，尤为后世传颂。渊明之好酒，或即外祖遗传。而尤好九日之饮，得非有怀龙山之意乎？

诗家几辈失玄珠，指点空传索骥图。
闲把渊明集一读，方知终古有通途。

几人淳至到渊明，诗句无非写性情。
我亦飘流文字海，欲求一筏得超生。

诗咏性情，辞达而已，渊明之诗，自写其性天中事，其性情之淳至，非常人所能到。后世诗道多歧而诗论纷纭，唯高明者知从渊明集中悟得。定庵诗云："万一飘流文字海，他生重定定公诗。"可知文人而陷于文字障中，虽定庵犹所未免。唯渊明超然于文字之外，如佛法之证得无生。

乌衣公子擅风流，落魄一麾临我州。
贝叶新翻秋病减，满池春草赋登楼。

灵运山水诗创作，始于宦游我温时。《宋书·谢灵运传》：“少帝即位，灵运构扇异同，非毁执政，司徒徐羡之等患之，出为永嘉太守。郡有名山水，灵运素所爱好，出守既不得志，遂肆意游遨，遍历诸县，动逾旬朔，民间听讼，不复关怀。所至辄为诗咏，以致其意焉。”实则灵运于元嘉三年秋离建康，已染微恙，及冬抵郡，便常卧病，其《登池上楼》盖病初愈登临览景之作，诗云“徇禄及穷海，卧痾对空林”，盖实录也。灵运此期又究心佛学，倡顿悟求宗之说，作《与诸道人辨宗论》，大有关于其山水诗创作，予曾作《谢灵运〈辨宗论〉与其山水诗创作》一文论之。

双艘颜谢各争先，明远才锋不让前。
万里江流初过峡，元嘉诗运正中天。

颜延之与谢灵运齐名，南朝多称“颜谢”，鲍明远后出，合称“三大家”。诗至元嘉，古今变化之转关也，清陆士雍、沈德潜已措论之。沈曾植又倡“三关”之说，即元嘉、元和、元祐也。盖此时声色大开，才锋并起，山水、新声，竞相比美。纵观诗史源流，若比之长江，则元嘉时期，如江水之初入峡也。

玄晖高咏出风尘，飞动每惊笔有神。
若作元龙楼百尺，纷纷下卧是梁陈。

永明诸子，各能清新流丽，独谢玄晖兼有奇逸之气，为余子所不及，是以致太白之激赏，每形于诗咏。《云仙杂记》云：“李白登九华落雁峰曰：此山最高，呼吸之气，想通天座矣，恨不携谢朓惊人句来，搔首一问青天耳。”故王渔洋论太白，言其“一生低首谢宣城”。若梁陈宫体，虽未用深损，比之玄晖，究竟为风尘间物也。

才子谈兵只益诗，雀航一溃恨当时。
《罪言》谁与牧之说，谩悔徒工豆蔻词。

庾信《哀江南赋》自叙身世，常诩善兵，如“侍戎韬于武帐，听雅曲于文弦。乃解悬而通籍，遂崇文而会武”。又云“论兵于江汉之君，拭玉于西河之主”。齐梁之际，文士例不解武，而信独能崇文会武，此其气质有过人者也。故侯景兵临金陵，简文帝令信率宫中文武千余人，营于朱雀航。及景大军至，信等未及撤航而溃。遂使台城陷落。此败自不可全诿责于信。然信之实际军事才能，亦可窥知一二。而信故不自知，其后作赋，尚有“日暮途穷，人间何世。将军一去，大树飘零”之自悲。《拟咏怀》二十六云：“秋风苏武别，寒水送荆轲。谁言气盖世，晨起帐中歌。”非特以李陵、荆卿自状，且窃拟于项羽，大有“天之亡我，非战之罪”意。此中是非，故非后人所能穷论。然论庾信之文学，不可不知其以善兵自诩之个性。而信之《哀江南赋》长篇巨制，叙评梁亡前后之军事形势，故非不习兵法者所能办也。又其《拟咏怀》诗，虽为乡关哀思，不乏尚武气质。更论其在梁代所作诗歌，虽大体为艳丽时风，然已流露清刚之气，有别于同时作者。此皆有关于信崇文会武之个性也，可深作论列。唐杜牧亦兼通兵法，曾注《孙武子》十三篇，又作《罪言》《守论》《战论》《原十六卫》等。故清人姚莹《论诗绝句》云：“十里扬州落魄时，春风豆蔻写相思。谁从绛蜡银筝底，别识谈兵杜牧之。”绝妙好辞也。然揆之庾信，牧之之仅赋豆蔻，安知非福？赵瓯北《古诗》之十八云：“文人逞才气，往往好论兵。及乎事权属，鲜见成功名。古来称儒将，惟有一孔明。寥寥千载后，庶几王文成。此外白面徒，漫诩韬略精。河桥二十万，惜哉陆士衡。深源令仆才，身名丧北征。房琯陈涛斜，车战旋摧崩。忠如张魏国，五路败富平。由来非所习，奴织婢学耕。如何纸上谈，辄欲见施行？君看云台上，何曾有书生？”此又揭出自古文人与军事之一大公案矣。实可作专篇论之。

王杨卢骆竞诗衢，意气常同体格殊。
淹雅庾徐归后辈，风云杜李看先驱。

王、杨、卢、骆，合称初唐四杰，见于《旧唐书·杨炯传》，然论其偶合齐称的由来，似始于裴行俭之论。《唐会要》等书载，裴为吏部侍郎，李敬玄盛称王、杨、卢、骆四子，为之延誉，引以示裴，裴以为四人才名有之，爵禄盖寡。杨应至令长，余并鲜令终。据此则四子合称，实为彼等生前之事，而此一并称，大有关于四人后来之穷通。四人风格各不相同，于体裁亦各有所擅，然慷慨激昂之气，是其所同。又四家体制，大要未出徐、庾等齐梁陈隋文家之范围，盖沿六朝博雅属文之调。然勃等意象阔大，多雄伟之境，重见风云气象，实为李杜等盛唐诗人之先驱。

龙门学术旧家声，绝业髫年只手成。
万里长云愁碧海，五丁不返失连城。

王勃祖父文中子王通，隋末曾为蜀郡司户，弃官龙门隐居讲学，号称大儒，仿《春秋》著《元经》，仿《论语》作《中说》，在隋唐之际影响巨大。勃幼有神慧，且承深厚之家学渊源，九岁读颜氏《汉书》，作《指瑕》十卷，后又续成文中子未竟之著述。且精通佛教、医学等多种学问，杨炯作《王子安集序》云：“时师百年之学，旬日兼之；昔人千载之机，立谈可见。”洵非虚誉，惜乎，年方廿八，赴交趾省亲，渡海溺水而殁。五丁不返，遂失唐家之连城。

九十春光半酒边，开元数子似神仙。
新诗不贵蔡侯纸，付与旗亭歌女传。

盛唐绝句，多即唐之歌词。王摩诘《渭城曲》，王之涣、高适、王昌龄旗亭画壁诗，已为世人所习知。实则盛唐绝句诸家如王之涣、王翰之流，声价几全托于歌坛，本非如《三都赋》之令洛阳纸贵，更不同于后人伏案写集。故盛唐名家诗留存独少。任半塘作《唐声诗》，具体研究唐诗入歌情况，学界推为巨制。

子美沉雄太白奇，人天元气共淋漓。
始终不解赵瓯北，五百年分李杜诗。

赵瓯北《论诗五绝》其二：“李杜诗篇万口传，至今已觉不新鲜。江山代有才人出，各领风骚数百年。”又其一云：“满眼生机转化钧，天工人巧日争新。预支五百年新意，到了千年又觉陈。”两诗流传甚广，盖效五百年一出圣人之说也。其言不无灼见，唯论李杜而云“至今已觉不新鲜”，“各领风骚数百年”，不免似是而非，尤易滋俗人之惑，且据以生狂妄之论。李杜诗歌，各与造化同工，纵后世才人辈出，各有一段奇彩，岂能掩李杜之精光？善矣，叶星期之论也，“其力足以十世，足以百世，足以终古，则其立言不朽之业，亦垂十世，垂百世，垂终古，悉如其力以报之。”若李杜者，叶氏所谓垂终古之人也，当与生民同在而无疑也。

创造端凭复古才，远搜八代续骚材。
谁知顽艳生香笔，写出王孙绝世哀。

唐之古乐府，以李白、李贺，为最称伟制。盖以八代乐章之体制，寓以楚骚之精神，通替千载而创为一家，复古之为用巨矣。至孟郊、韩愈诸家，并能远搜古人之遗意佚体，运以自我作古之笔，体现浪漫自由之创造精神。而贺尤有独诣。杜牧序贺集，云其“复探寻前事，所以深叹恨古今未尝经道者，如《金铜仙人辞汉歌》《补梁庾肩吾宫体谣》，求取情状，离绝远去，笔墨畦径间，亦殊不能知之”，此余所谓“远搜八代续骚材”之又一义也。至贺歌诗之哀感顽艳，感怨继骚，则牧之序言备矣。

一握仙怀苦未删，上清沦谪不教还。
等闲学得景纯笔，却是鲍家行路难。

李义山诗喜用仙道、神话故事，多出《真诰》及六朝小说。盖其早年习业玉阳山中，曾与道士女冠游，习染学仙风气。又其自负才华不为世用，穷途困顿，故每以上清谪客自喻。其《东还》云：“自有仙才自不知，十年长梦采华芝。秋风动地黄云暮，归去嵩阳寻旧师。”《重过圣女祠》云：“白石岩扉碧藓滋，上清沦谪得归迟。一春梦雨常飘瓦，尽日灵风不满旗。萼绿华来无定所，杜兰香去未移时。玉郎会此通仙籍，忆向天阶问紫芝。”甚至无题诗写丽情，亦多作仙典。此等皆远承景纯《游仙》，而为其变体也。钟嵘论郭游仙乃“坎壈咏怀，非列仙之趣”，移评玉溪，尤称确当。

才人几辈枉才多，难唱阴山敕勒歌。
赖有柳屯田曲子，琵琶曾入旧山河。

汉唐旧域，宋半失之，此实唐宋诗风不同之一重要原因。又叶少蕴曰：“尝见一西夏归朝官云：凡有井水处即能歌柳词。”此为硕士时旧作。

一笑倾城绝世姝，不离色相见真如。
涪翁诗法谁能说，空作江西派里图。

山谷诗，世徒以瘦硬槎牙目之，不知其实具绝妙之风神，真能得唐诗之韵，而变化以出之。山谷常喜以美色喻诗艺，如赠刘景文诗云：“公诗如美色，未嫁已倾城。”又有句云：“斯文如女有正色。”又其咏松句云：“谁知五鬣苍烟面，犹有人间儿女心。”可状其诗格也。佛家言色即是空，空即是色，不离色相而得真如。山谷诗当作如是观。惜世多不知，并江西后学，亦未能通悟及此也。

沧浪论艺喜禅思，终落声闻与辟支。
若向尼山求妙法，别传教外是删诗。

焚却千篇不自悭，爨桐焦尾韵方娴。
前贤未诩风骚学，第一功夫是痛删。

宋人喜以禅喻诗，始于苏黄，而大张于《沧浪诗话》，其大旨云：“禅家者流，乘有小大，宗有南北，道有邪正，学者须从最上乘，具正法眼，悟第一义。若小乘禅，声闻辟支果，皆非正也。论诗如论禅：汉魏晋与盛唐之诗，则第一义也。大历以还之诗，则小乘禅也，已落第二义矣。晚唐之诗，则声闻辟支果也。学汉魏晋与盛唐诗者，临济下也。学大历以还之诗者，曹洞下也。大抵禅道唯在妙悟，诗道亦在妙悟。”以悟论诗，大有义味，然不当如此分判，拘泥于时代，议论似是而非，终亦落入其所谓“声闻辟支果”之流也。孔子删诗之说，始见太史公《孔子世家》，自孔颖达始表疑义，其后朱子、水心、朱彝尊、崔述诸家，踵承此论，于是孔子未曾删诗，似已定论。然武林刘操南师有文论孔子删诗说之可信。可见此事仍有讨论余地。此考证家之事也。今于诗道论之，则孔子删诗，对于后世诗人深有影响，太白《古风》有“希圣”之志，少陵有“别裁伪体”之语，人已熟知。此皆禀承孔子删诗、正风雅之意也。宋代诗人如黄山谷、陈后山，皆有删焚自家诗作之举。叶梦得《避暑录话》载山谷兄元明之语云：“鲁直旧有诗千余篇，中岁焚三之二，存者无几，故名《焦尾集》。”又云晚年手定诗集，仅三百余篇。后山《答秦觏书》云：“仆于诗，初无师法。然少好之，老而不厌，数以千计，及一见黄豫章，尽焚其稿而学焉。”盖诗道半存于人，半付之天，虽大家、名家之作，亦不能无高下利钝错落其间。欧阳辂云：“夫诗至专集，不能无利钝也，取昔人之集古今所共推者论之，其中宜汰者或十之二三焉，十之四五焉，甚乃十之六七焉。名愈高疵愈甚，要其可存者人所不能至，则已独绝千古，其余不过采辑者备致摭拾，以示不遗，存而不论可耳。”斯言似狂而实理。盖删诗之法，于学者作者，俱为第一大法，而删诗之学大矣。陆放翁云“千载诗亡不复删”，可谓一言中的。但知有作，不知有删，则诗道必亡。今伪诗劣制，充斥人间，而删诗之学不讲，诗道安得不亡？果援宋人以禅道论诗道之法，标孔子删诗，为儒家教外别传之妙法，此无关于考据也。

昭代诗人多寿征，端看风雅托升平。
飘零只有无双客，九月都门衣未成。

康乾盛世，风雅特兴，一时诗人，多得高寿。如朱彝尊八十一岁，沈德潜九十二岁，方苞八十岁，钱载八十六岁，袁枚八十二岁，赵翼八十五，姚鼐八十五，王士祯七十八，查慎行七十八，郑燮七十三，若厉鹗、蒋士铨、崔华，亦过六十岁。独黄景仁一生潦倒，落落依人，年仅三十五而夭。诸家诗俱淹雅清新，各有独得，若论神韵唐贤，格法宋调，而能摇荡性灵，若古人重生，感动后世者，则吾独推乎仲则矣。汉人目黄香云：江夏黄童，天下无双。又，仲则《都门秋思》云："全家都在风声里，九月衣裳未剪裁。"

诗人缚律千年后，秀出纵横笔一枝。
等是风花六朝体，庄骚作骨便神奇。

定庵香草美人，而庄骚为心。其论太白云："庄屈实二，不以并，并之以为心，自白始。"而其作诗述怀亦云："庄骚两灵鬼，盘据肝肠深。"此旧作也。

绝顶昆仑风劲吹，茫茫独立望西陲。
北征南渡诗多少，咏到东迁更有谁。

王静安《读史二十首》，以史学新识，发为高咏，境界立意，皆前人之未及，洵为奇作。其第一首咏我民族远古迁移之事云："回首西陲势渺茫，东迁种族几星霜。何当踏破双芒屐，却上昆仑望故乡。"

一九九九年十二月

初到永兴

山映楼台水映山，便江绕县自弯环。
风云迴出潇湘上，事迹流传楚汉间。
雾塞青林亡帝鹿，岩封药草驻仙颜。
缁衣未浣京尘客，却笑题诗不得闲。

参加注江丹霞第一漂兼志江中覆艇脱险之事

万重山色在扁舟，试泛清江最上头。
青峡森森云淡淡，丹崖熠熠竹修修。
时看宿鹭冲林出，还听棹歌拍浪讴。
不悔中流经小劫，一番惊险壮兹游。

自永兴还京途经郴州，雨中谒秦少游纪念馆。馆为仿宋建筑，又名郴州客舍。取少游《踏莎行》词意

柳色青青映馆门，依稀此地宿修文。
一条楚水流花树，百叠郴山乱雨云。
元祐党人多过岭，中朝词客独怜君。
匆匆吊罢便归去，愁绝啼鹃更不闻。

自郴州还京车过保定，车窗晨起口占

白云禾黍满河间，几处天低见市阛。
昨夜潇湘归路客，今朝梦醒失青山。

酒后凉台晚兴

薄醉微吟感不胜，直栏斜倚对秋坪。
楼台暮色连千里，城市风烟杂万声。
芒角自知添意气，酒怀未许起心兵。
长街一睨尘红色，灯火渐多车马横。

秋思 二首

(一)

容易西风岁又倾，紫薇最晚亦辞荣。
渐看金气和云淡，已觉商声入梦清。
蠹简从深尊小隐，腐萤光细证微生。
阮公诗好关何事，终古愁城未解兵。

（二）

枫丹露白橘鲜滋，一笑江湖又系思。
秋水清于霜降后，家山远有梦来时。
身如警鹤鸣寒早，诗和吟虫出语迟。
今日同谁说张季，莼鲈从此绝心期。

鹧鸪天·秋初纪事

杨叶招风翠绥长，秋阳如水漾晴窗。初凉已足添清睡，新识旋生改旧章。　删绮语，歇愁觞，人天几事待评商。挑灯自注枚生赋，讲席明朝又一场。

武汉初客

珠帘卷上日西斜，三镇风烟百万家。
我自江城暂作客，也逢北雁忆京华。

题黄鹤楼

名楼独占楚天多，西接岷峨万里波。
近水一双翻白鸟，远山几点涌青螺。
恨无横笛吹梅落，尚有豪情向日摩。
谁料强颜惊太白，题诗此处不空过。

强颜：赵文哲《媕雅堂诗话》：“太白善兹体，凤凰台诗亦强颜也。”

菩萨蛮·游武昌东湖同东遨兄秋枫女士买舟清泛

十年梦作江湖客，嚣尘今日真成隔。打桨向东湖，舟如片月孤。　扣舷时作乐，惊起群鱼跃。忘却载壶觞，贪看酥浪长。

十月十二日携妻女赴康西草原途中纪景

翘首市尘中，见山常一抹。
岚色已希微，复遭楼隙割。
徒令爱山心，望梅不止渴。
暇日得逍遥，寻幽兴忽勃。
全家事郊游，言上京包铁。
小驿清华园，荒萧尽一瞥。
菜乡清河镇，豆棚爪架列。
郊原玉黍繁，秋色浓如泼。
逶迤看远山，青翠渐可阅。
昌平数万家，背有屏风设。
经过发痴想，室庐欲此结。
轧轧过南口，初见连峰缺。
忽然驰驱入，身在万山窟。
处处卓锥尖，嶙嶙露山骨。
岩隙草树生，离离只如发。
仰看天蔚蓝，纤云无半缬。
俯赏关沟水，潭潭见清冽。
前驱近居庸，长城名八达。
雉堞萦百峦，雄关势如拔。
起舞展玉缨，擒山朝天阙。
惜我限车窗，倚坐看人跋。
过此古隘口，川原渐空阔。
百里塞上风，吹沙稍觉烈。
有地名康庄，兹游之所歇。

居人围草场，数里供马龁。
招揽京华客，纷至事辔节。
我亦租一匹，小女缰乱曳。
自云通马语，可惜徒费舌。
上鞍复下鞍，反复计终竭。
我乏驰骋意，风电看人掣。
女旁替我羞，阿爷亦太劣。
不见花木兰，从军作人杰。
儿大可效渠，父耻或能雪。
盘桓日忽斜，还与马群诀。
女儿心未餍，樱口时一撇。
我却意欣欣，归途山仍悦。
延庆万仞崖，依依作惜别。

江西熊盛元兄寄示永兴诗会席上见赠之作，谨次其韵奉寄

人物西江常系思，便滨一握各言迟。
宴开澧芷湘兰地，客到金风玉露时。
酒约燕云期再醉，诗情赣雨想同滋。
精华一集赓河岳，剑气丰城更属谁？

【注】

熊兄丰城人，效殷璠《河岳英灵集》编《海岳风华集》，录海内中青年诗人佳作，流誉吟坛。

附熊盛元原作：

永兴席上赠钱志熙兄

小驻湘南慰梦思，接谈每恨识君迟。
岂其诗酒论交日，正是鱼龙鼓浪时。
胸底不容尘俗染，笔端常有露华滋。
起衰重任何人继，除却钱郎更属谁。

减字木兰花·贺霍松林教授八十华诞

词宗学伯，八十人间初鬓白。芳宴秋开，佳气终南入座来。　　神仙太华，玉杖赠翁轻胜马。踏遍青山，无限夕阳好处还。

浣溪沙·秋宵长街漫步

如海珠灯烂漫红，点街黄叶自飘蓬，不吹渭水亦秋风。　　两句三年囚贾岛，一京五噫窜梁鸿，清时谁复说穷通。

未名湖闲眺

平湖景熟每重温，小坐林亭读夕曛。
雁字几行书不似，远山一页淡如云。

夏日抒怀

柳腰老尽不飞绵，又到浮瓜沉李天。
渐觉春红输夏绿，心情的的是中年。

浣溪沙·中秋夜与诸生小长城聚饮，复游校园赏月

琥珀光澄笑语生，杯盘草草赏圆明，饼筵借得小长城。　花外笙箫吹出好，柳边风月坐来清，人天此际最多情。

除夕将近，独坐少欢，觅句不得，聊书数句寄怀

诗到中年着语难，一灯独坐每更阑。
亦知写出夺人眼，不愿吟来愁己肝。
京国寒深衢雪满，江南春近水天宽。
未因薄食成归志，免向侯门作剑弹。

接友人书，云元月六日晨六时四十一分五十四秒，新世纪第一缕曙光照耀雁荡山百冈尖，上山观者万人。诗以纪之，兼抒乡念，“霓”字借八齐韵

百二峰峦一览低，登临有客祝皇禧。
翻腾往事千年旧，荡潏初阳万象奇。
岚气氤氲生紫瑞，海光潋滟吐晴霓。
家山秀绝同姑射，夜夜神皋梦自驰。

上元

六街残雪杂香尘，元夜京华景色新。
宝炬装花千树玉，空林映月万枝银。
萤屏歌舞翻新曲，龙国衣冠娇上春。
风俗居然传百世，金吾禁钥更何人。

刘青海见示拟苏黄“粲”韵诗叙求学事，意堪嘉勉，且造语略得古风。因亦依拟之，兼示诸生

我持蒲柳质，悠悠忽过半。
生计任萧疏，学术系永叹。
当今货殖世，斯文贱俳玩。
物欲成横流，风俗慨朴散。
礼乐邈羲皇，诗书赖可伴。
有时思陶潜，岂敢梦公旦。
崔生黄鹤楼，贺郎青玉案。
李杜暨苏黄，上窥关雎乱。
非徒咀英华，思想亦湔盥。
俗学有膏肓，未知求和缓。
诸生力探索，要令古今贯。
志气正拿云，安有少年懦。
君看栋梁材，烧燔作断炭。
坐使国匠手，不能成华馆。
朔气收残威，春光渐妍暖。
安排诗律工，百花纷欲粲。

附刘青海原作：

拟山谷“粲”字韵诗呈师友

荏苒冬复春，三年已过半。
腹里无诗书，中夜发长叹。
质无犬马好，性厌歌舞玩。
亦友二三子，风流如星散。
常年陋室中，孤灯影为伴。
偶有兴会处，杳不知昏旦。
奈何和汗种，秋收不盈案。
对此常戚戚，理之愈以乱。
不若归故国，犹得奉巾盥。
幸得平安报，相思稍以缓。
水滴能穿石，所贵在一贯。
大器有晚成，君其何太懦。
忽如坐春风，室中似置炭。
豁然振衣起，心游图书馆。
岂能同燕雀，一心恋饱暖。
大笑出门去，一天星斗粲。

再和“粲”字韵述学示诸生

为学如陟巅，常觉身在半。
仰观云雾顶，喟然发长叹。
亦有岭路花，采撷可娱玩。
涧风送鸟鸣，使我忧怀散。
初发众嬉嬉，如今失旧伴。
歧径独回旋，林谷迷昏旦。
前行迹纷错，一一须重案。
有时如紊丝，欲理反成乱。
人言有清流，可饮亦可盥。
我自寻真源，行行不能缓。
太白有鸟道，西与峨眉贯。
萦挂如孤藤，攀援未惧懦。
败王知卧薪，报士亦吞炭。
不渡弱水流，安得仙人馆。
阆风耀初日，灵囿气馥暖。
传闻昆仑会，星斗座中粲。

移家一首再和“粲”字韵示诸生

蜗舍粗经始，移来已春半。
眠食稍得安，生涯每兴叹。
光阴健翻水，四十未可玩。
况着百事侵，精爽惧涣散。
阅世味如蜡，诗书愿长伴。
圣师贤为友，良晤忘昏旦。
凭栏挹远翠，西山横如案。
出门临大道，东华万辙乱。
京洛多沙尘，衣鬓懒浣盥。
南人久居北，性格变迟缓。
亦闻孔氏论，道学重一贯。
高山安可仰，欲攀生疲懦。
永怀吾夫子，玉树化芳炭。
雕琢今凭谁，春风空旧馆。
残寒不锁花，节物转温暖。
拂几置茶馔，要看诸君粲。

二〇〇一年三月中旬作于远山楼

清华园谒王静安先生纪念碑 三首

（一）

松盖亭亭柳似旌，春风片石拜先生。
清波一跃浑闲事，却是神州鲁殿倾。

（二）

一碑荟萃几名流，文字光华照九州[①]。
敢向人间弹别调，自由意义足千秋。

（三）

冈峦披绣净无尘，叆叇春云护翠珉。
选得嫏嬛清绝地，花香如梦祀灵均。

【注】

①碑尾镌“义宁陈寅恪撰文，闽县林志钧书丹，鄞县马衡篆额，新会梁思成拟式”等字样。

二〇〇一年四月三日

移家二首

壮岁传经觉力疲，滞留京国叹栖迟。
还从广厦沽三室，不比上林分一枝。
生计甘输驵侩后，文章敢以圣贤期。
经营最惜荆妻瘦，玉臂云鬟减昔时。

多君装点不知疲，春半移家景未迟。
云母槛安花簇簇，琉璃屏拓竹枝枝。
芳邻聚集逾千户，薄债均还过百期。
从此安居成乐业，江湖归计待何时。

【注】

此房为北大、清华两校合建之蓝旗营教师住宅区，即时下所称安居工程也。两校入住教工千余户。房款二十二万，认购时先付囊资七万。其余十四万由建设银行贷与个人，自九八年十月签借后，每月还款若干，分十年还清。银行称此种还贷形式为“均还”。

二〇〇一年四月九日

燕园好·调寄忆江南

燕园好，光景半春时。人在花间留彩照，我过湖畔得新诗，乐事各心知。

二〇〇一年四月十二日

燕园好，水木竞清华。满院榆槐连柏叶，绕湖杨柳夹桃花，十载作吾家。

二〇〇一年四月廿一日

著《黄庭坚诗学体系研究》，经年未就。早起欲创新章，披阅茫无头绪，展目牖外，万象纷陈，心思浮散。杂感断句，零星而出。拉杂书之，全无裁制

廿年读黄诗，妙处终未悟。
卷帘见西山，西山淡如雾。
望山思古人，心想目空注。
生计输侩驵，买室邻道路。
风光不惬人，终朝飞尘土。
安排两重窗，闭坐如新妇。
千车声嘈嘈，不成翻江雨。

北园有花木，柳条织金缕。
春初未知赏，如今怕飞絮。
董生不窥园，春秋演繁露。
杜老醉江头，袖中笼奇句。
文字余糟粕，绍古失步武。
山川徒入目，难疗烟霞痼。
赖有四壁书，伴我度朝暮。

舜田怀古

二〇〇〇年十月，赴济南参加少陵学术讨论会寓舜耕山庄，传说舜耕历山之下，即为此地，抚览斯世之繁华，追想先民之开辟，不胜今昔之感，遂成二十八字，言不达意，寄焉而已。

历阳城下雨如烟，行客来寻旧舜田。
泉脉半枯丘陇没，只留山色五千年。

新宁陈先生挽诗三章

（一）

重城飞雪夜，宵深噩耗传。
一梦华胥国，遽升兜率天。
文章唐正学，人物楚先贤。
终古门墙在，来生再续缘。

（二）

风雅消沉后，先生一卷藏。
襟期追四始，格韵近三唐。
还古未尝愿，安心已得方。
今朝抚遗集，读罢泪双行。

（三）

长记兰成宅，风光有镜春。
清淡归竹馆，朗咏出湖滣。
佳客来千里，名花动四邻。
曾为谢公土，经过只沾巾。

二〇〇一年十一月二十一日

清华园散步偶拾

新林院

林樾阴阴噪暮鸦，豆棚瓜架竹篱斜。
旁人错认农夫宅，却是京华院士家。

主楼区

锦茵遍地树参天，十二玉楼云际悬。
唤起昭王应羡煞，黄金台贮万英贤。

秋庭

霜气棱棱未有阑，年光对此欲凋颜。
西风吹尽榆梧叶，又失庭前几叠山。

二〇〇一年六月

将有欧罗巴数国之游，检点行程忽生感喟，率尔走笔，不知意之所云

浩荡生涯汗漫游，又抟鹏翼过西洲。
一天云叶原无价，万里长风总是秋。
酒盏向人情浅浅，笔花如锦梦悠悠。
他年谁记群仙会，应许瑶台第一流。

二〇〇一年八月廿二日

楠溪江啤酒厂新筑谢公亭并刻灵运《登永嘉绿嶂山》诗，延众客为之落成剪彩，因赋短句纪之

新亭酿泉近，登览对斜曛。
酒色分江水，诗情入嶂云。
主人爱风雅，客子有清芬。
余亦寻幽士，萧然忆谢君。

永嘉大若岩即灵运《石室山诗》所咏者，后列道教洞天，并附会为陶贞白隐处，乡人于洞中杂祀三教诸神

名山藏胜景，谢客旧曾探。
古洞苍烟满，丹崖绿水涵。
渔樵同一祀，神佛各分龛。
太息骚人去，千年绝雅谈。

宿雁荡山朝阳山庄

重檐倚锦屏，山色一窗青。
屋后松张盖，庭前石落星。
承筵皆曼妙，罗席尽鲜腥。
万里归来客，一宵住二灵。

自成都赴江油途中口占

千灯如鹊扑车帘，北客初行蜀夜天。
忽喜诗仙乡里近，路牌入眼是青莲。

谒杜甫草堂经青羊宫便道一游

青羊宫接少陵祠，礼罢天尊便作辞。
语业难抛世缘重，不求玄法只求诗。

望江楼公园谒薛涛有故居，园内盛行雀戏

槐叶荷花似绣钗，萋萋草色掩香骸。
枇杷门巷依然在，付与游人斗雀牌。

琴台故径传为相如文君卖酒处

双戏鸳鸯锦水边，犊裈一著便朝天。
当垆岂有文君在，仍觉成都涨酒钱。

成都谒杜甫草堂

草色波光各有诗，匆匆来谒少陵祠。
正当旅客萧条际，况是风骚寥落时。
坛坫无人回大纛，江山此处拜残碑。
花须柳眼曾沾泪，今日相看别样悲。

谒武侯祠堂

武侯锦里有祠堂，英爽千秋似未亡。
庙貌巍巍冠肃肃，市烟漠漠柏苍苍。
高光远业知难复，管乐奇才忍自藏。
万里巴山子规鸟，不应啼过卧龙冈。

九寨沟行

我游东海滨，复作西南行。
银鹏蹴云亿万叠，须臾便至锦官城。
锦城一望天府国，四野云山神仙宅。
青城峨眉不及游，驱车九寨寻秀色。
驰驱登行八百里，群山如海车如蚁。
岷江萦萦但一线，岷山百重连云起。
水转山回抵沟外，华馆家家枕湍濑。
人间到处是炎洲，山中自开清凉界。
经宿更入沟谷游，风光果然世无俦。
久恨尘寰无净土，谁知雪域藏丹丘。
峰峦重叠几百丈，瑶草琪花遍青嶂。
绝顶祥云自缥缈，疑是天神来驻仗。
沟潭处处漾清湜，居人向来呼海子。
晶宫真有骊龙睡，一片蔚蓝波不起。
孺子不敢歌濯缨，许由岂容轻洗耳。
犀牛海，珍珠滩，火花五色极斑斓。

不信仍是人间水，总是瑶池玉液流潺潺。
更有飞瀑数十处，洗濯青山洒甘澍。
日光照耀生虹彩，恍见仙人架桥自来去。
呜呼，山中奇观万万数，我无彩笔难描摹。
诗成笔墨太支离，辜负九寨绝世姿。
太白不归苏仙去，谁持天孙云锦织此一段奇。

二〇〇一年八月

欧游杂诗

机达维也纳

风烟开处见维城，鸿雪欧罗第一程。
无限川原平入望，萦青横黛不知名。

车行奥国境内所见

山川平远绿无垠，屋舍田园位置匀。
一片海西风日里，几疑身是武陵人。

参观卢浮宫博物馆蒙娜丽莎画前留影

卢宫珍品世无俦，彩溢光流不胜收。
随客匆匆非鉴赏，莫娜像下写真留。

和行霈先生欧游飞经戈壁作

一展银鹏翼，真成汗漫游。
抟风过北国，逐日向西洲。
地远山河渺，天平云野流。
鸿濛欲有问，浩荡反生愁。

辛巳八月中下旬同行霈、少康两先生赴布拉格诗学会议，便道游览奥、德、法三国，历赏多瑙、莱茵、塞纳诸名胜，车程千余里，作此记之

驱驰西海边，绿野净风烟。
半月三河路，一程四国天。
未谙民俗性，薄结艺文缘。
草草临歧意，重游何岁年。

布拉格旅馆晨兴

半开睡眼尚朦胧，落枕初阳一穗红。
梦醒方知身是客，满城齐撞教堂钟。

二〇〇一年十月

次韵香港洪肇平教授寄赠之作

长羡骑鲸海上人，天南景物句清新。
文章有道追鸣凤，功业无心梦画麟。
鸿翰忽来期我醉，鹏霄此去共君亲。
预知相对嵇中散，龙性翩翩自不驯。

附洪肇平先生原作：

钱志熙教授将来港，有诗酒之约，诗以寄之

北序量才重此人，堆胸文字极清新。
酒杯他日期俦侣，诗国而今叹凤麟。
不信劳身艰一聚，定教岭雅更相亲。
山川风物同吟望，海上盟鸥气未驯。

港中诗坛诸方家置酒岭南会馆招饮，席间出示《岭雅》杂志传阅，并纷谈笑。惜予于粤语多未解，归后作此呈李鸿烈、常宗豪、何乃文、洪肇平、李国明、黄坤尧、陈树衡诸先生

斯文趣味喜相投，置酒香江市上楼。
北客叙来年最少，南风谱出气横秋。

纷陈盘错添谈舌，璀璨灯花照醉眸。
我欲嘤鸣求胜友，方音未解不成讴。

港中授课一月，初抵即蒙李国明、黄坤尧诸先生赐席招待。复蒙树仁学院何乃文教授猥赠佳作，中有句云：骚坛深幸有新知。握手先愁别路歧。深见友好之意，甚为感激，勉追其韵赠呈

海峤谈经一导师，亦工文术亦工诗。
家声水部闻名早，景色香江捧袂迟。
薄俗从来轻古调，高怀却许忝新知。
南图北运仍多便，不向驿头愁别歧。

附何乃文先生原作：

李国明、黄坤尧席上喜晤北大钱志熙教授赋赠

北序名高博士师，不曾识面早观诗。
明灯照席颜愈少，香澥传薪责未迟。
古调久嗟乖俗尚，骚坛深幸有新知。
往来旬月真驹隙，握手先愁别路歧。

冉冉云·次韵李国明茶席见赠并谢画扇

景物蓬洲再游处。看连天，锦鸥翔去。更楼台，掩映青山红树。况结得，酒朋诗侣。　　画篁吟笺展当午。点梅英，广平曾赋。珍重意，持到东华尘土。细说香江日暮。

附李国明先生原作：

冉冉云·钱志熙教授来港讲学，茶席赋赠

湖海联吟旧游处，有郴江，绕山流去。更庐州，远近亭台花树。尚倩得，一时鸥侣。　　海角分茶日当午。倚秋窗，谈诗论赋。只可惜，欲道南天风土。楼外斜阳已暮。

八声甘州

岁暮京华，百感横集，独坐书帏，拨弃陈编，无以消忧，试拈此调写之

正六街车马响如潮。独坐感无憀。况寒光宛转，岁华零落，景气萧萧。试问中年百感，何物可浇消。梦浅江湖远，鸥鹭难招。　　回想春风词笔，对明湖水色，绿柳夭桃。恁青衫落拓，豪气也干霄。说功名，文章自许；笑高车华屋属儿曹。怎知得，倚蓬山近，愁绝今宵。

二〇〇二年一月一日

夜读《定盦集》

讲章写罢减才思，茶冷灯闲独坐时。
欲赋游仙无好句，开编重读定盦诗。

二〇〇二年六月二十日

拟古

先生何为者，落落在明时。
未上筹边策，空吟怀古诗。
酒浇赵州土，歌绕习家池。
尚想商山里，西风老野芝。

二〇〇二年七月廿九日

八声甘州·忆东京上野公园赏樱花

记东瀛载酒赏繁樱，万树玉交争。映名园绮阁，春池秀樾，吴服娉婷。十里吹香似梦，消息满重城。醉倒花间客，藉草欹倾。　　明日笙歌散尽，正腥风吹雪，腻水推萍。剩荒祠数树，寂寞付流莺。说明年，再寻芳讯；只鬓边，黑发渐星星。蓬山路，看花人老，负尽仙名。

二〇〇二年八月八日

忆江南·题敝居兰旗营小区

分广厦，寒士得安居。位置楼台成错落，经营花木渐扶疏。引水作通渠。

二〇〇二年八月八日

前调

肱骨骨折，遵医嘱闲养一月。日唯枯坐室间，徘徊庭际，不能理事。吟东坡“因病得闲殊不恶”之句，不觉自哂。

成折臂，歇了注虫鱼。尘案或能勘鼠篆，草庭时复看鸿书。因病得闲无。

二〇〇二年八月八日

贺新郎

七月二十一日，转毂校庭时，不慎覆辙，仆地，肱折。时欲赴兰州参加会议，以之不能成行。遵医嘱闲养，百无聊赖，借倚声以自娱。

玉树成陈说。算微躯，粘皮带肉，几根痴骨。未有平生良医志，也作新丰臂折。更辜却，皋兰风月。富贵浮云知已久，只曲肱难枕成虚设。拈旧谱，赋新阕。　　浩歌金缕声情烈。羡辛陈，雕龙妙手，掣鲸词杰。我病难方前修驾，呕出胸中热血。总不抵，平途一跌。失笑三公留故事，料勋名仇我同吴越。未了债，纸千页。

二〇〇二年八月九日

点绛唇·观荷塘倒影

一角鳞波，荡开萍叶涵天地。碧云无际，列几行佳丽。　　坐到忘情，渐有空濛意。吹香细。涉江梦里。几处菱歌起。

二〇〇二年八月十日

望海潮·次柳词韵咏香江

龙形盘地，鼇根峙海，蓬洲幻出繁华。岚阁蜃楼，云窗绣户，星辉百万人家。鲸浪走江沙。锦帆蔽天日，利涉无涯。百国骈阗，五洲沽客竞豪奢。　　嬉游乐事奇嘉。有沙田宝马，湾仔名花。金屋银台，珠灯玉树，翩跹俊侣娇娃。小板按红牙。醉太平山色，吟赏烟霞。纵写河图十幅，风景总难夸。

二〇〇二年八月十二日

点绛唇

余昔年执教于温，好作山水之游，并耽吟咏，著语每如梦呓。其时未有室家，有句云："谁家红袖能招隐，何处青山可读书。"养疴困坐，晨起忽思及此。秋风初起，意兴又驰江湖间矣。不觉莞尔，为小词记之。

锁着闲愁，梦轻不向江湖去。石桥溪路，知有秋花吐。　　红袖青山，往事鹃能语。今何许。蓟门尘土。劳燕双飞舞。

二〇〇二年八月十三日

长亭怨慢・咏秋怀古意

正摇落浓荫庭树。楚客当时，感怀曾赋。翠樽斟残，怨兰歌歇黯无语。引商流羽。应只有，蛩吟苦。强说好凉天，渐谙尽，中年情绪。　　归路。望江南不见，却见离鸿无数。莼鲈梦杳，枉传得，季鹰新句。纵料理，几卷藏山；怕依旧，文章如土。剩唤取青娥，教唱折花金缕。

二〇〇二年八月十六日

浣溪沙・初秋病中纪事

鏖暑西风奏凯旋。园林数树减鸣蝉。初凉天气最宜禅。　　瀹茗来消前夜酒，钩帘坐对远山烟。不须锦瑟感流年。

二〇〇二年八月十六日

减字木兰花・有怀

孤鸿目送，万里秋风惊别梦。心事愁伊，拣尽寒枝不肯栖。　　西池清浅，海上仙人何日见。拾取琼环，留待春功护牡丹。

二〇〇二年八月十九日

高阳台·忆杭州满觉陇赏桂花

谷口风清，溪桥日午，临流百树纷敷。月殿仙根，移栽仍近西湖。天香不作凡花艳，散芳馨，似有还无。最难忘，金粟枝边，禅话参余。　　廿年南北音尘阻，叹小山丛翠，踪迹长疏。浪说蟾宫，一枝折得终虚。萧斋今夜清游梦，共胥江，潮影模糊。正秋风，落叶长安，蕙悴兰枯。

二〇〇二年八月廿一日

咏紫薇花绝句　三首

（一）

几枝婉雅映中庭，秋露深时色不零。
华省风流消歇久，更谁花下对横经。

（二）

持比丁香略少芳，身材雅称紫薇郎。
金天世界非红主，让与人人说菊黄。

【注】

学舍所植，本皆不高，略与人齐。

(三)

紫罗浅叠对斜曛，虚白堂前几树云。
少傅风流今亦老，不应看作女儿裙。

【注】

《群芳谱》云："虚白堂前有紫薇两株，俗传乐天所种。"又乐天咏紫薇花句云："一丛淡黯将何比，浅碧笼裙衬襯紫巾。"

二〇〇二年八月廿一日

偶成

国计身谋两不知，唯将濩落答明时。
每观世事成苍狗，所幸神州已醒狮。
治病不蕲三折臂，咏怀空作四愁诗。
传经我亦羡刘向，只是中年力已疲。

二〇〇二年八月三十一日

哭母辞七章

人间无语写深哀，跪向灵前哭一回。
千古伤怀北山路，云旌雨绋送亲来。

愁肠泪眼欲全枯，顿觉浮生趣已无。
忍怨阿娘今弃我，八年病倒几回扶。

镪灰蜡泪满灵前，一瞻遗颜一潸然。
真有慈悲缘会否，余生稽首九重天。

传闻南海有慈航，一奠炉香泪已滂。
三十三天浩茫甚，不知极乐在何方。

东野旧传游子吟，今朝一读倍沾襟。
春晖漠漠愁霖满，痛煞平生寸草心。

哀毁余生事苦多，匆匆拜墓别山阿。
可怜今日舌耕客，绛帏谁为废蓼莪。

弱龄释担习斯文，孝养何曾尽半分。
欲补白华修子职，皋鱼风木不堪闻。

二〇〇三年一月

小酒店晚餐归后作

斜街槐色映帘新，小酌略当远客人。
醉后携归妻女手，自家灯火更相亲。

二〇〇三年八月二日

再游武昌

旧游踪迹半模糊，又对清波照鬓须。
二十年间一梦在，自开坛站向江湖。

二〇〇三年八月廿七日

宜昌道中

车过枝江眼转青，好山一路入夷陵。
旅怀顿觉吟情满，颠宕依窗句已成。

二〇〇三年八月廿二日

赴神农架道经兴山县昭君故里

颠宕依窗人半醒，风埃蓬勃扑飞軿。
前程道是昭君宅，车入万山深处青。

二〇〇三年八月廿九日

登黄鹤楼示生徒

凭栏谈笑远尘埃，黄鹤楼头放眼开。
水接风烟三镇出，天连云树两江回。
仙人去后无奇迹，游子登临有旷怀。
再到题诗仍草草，高歌还待少年才。

二〇〇三年八月三十日

神农架拜神农坛，坛边有宋时古树，居人呼神木，应并咏之，次同游诸公韵

祭坛肃穆拜神农，回首还瞻大树风。
草莽初开思远古，枝条高耸到苍穹。
炎皇位置圣贤上，木客生涯烟雨中。
游罢匆匆便归去，他时鹤梦绕千峰。

重九日与诸生游西山八大处

十年不做登高约，今日相随车马来。
萸叶未从云岭出，菊花还对佛堂开。
衔杯粗得渊明意，觅句终输摩诘才。
似此匆匆酬令节，古人风味料难回。

二〇〇三年十月十日

再作重九日游山寺示诸生

毗卢殿阁叠山隈，共做登高笑口开。
几院笙歌惊雁去，两行盆菊引人来。
谈禅苦乏雕龙舌，琢句应多吐凤才。
短发萧萧成半老，喜无乌帽落风台。

二〇〇三年十月十四日

九月二十六日客沪上与查正贤同登东方明珠塔

星窗月户落高秋，缥渺申江第一楼。
扪日高凭光电出，倚天下见水云浮。
关河南北通千里，城市衣冠聚五洲。
共说繁华归海上，鸿濛未问不须愁。

武昌客感戏用独木桥体

江上飞虹数往来，江边景物暂徘徊。
江城三载两为客，江阁千秋一怅怀。
江水连天金粉出，江云满市绮罗开。
江山无限吟情在，江汉腐儒唤不回。

改前诗后半首复为一律兼记武昌学术会议事

江上飞虹数往来，江边景物暂徘徊。
江城三载两为客，江阁千秋一怅怀。
学术每惊新义出，风骚难挽古人回。
兰台金马多髦士，只少江湖料理才。①

【注】

①会间诸公发吟兴唱和，然多不堪读。

拟咏怀 二首

（一）

四十三年事，怀抱有万种。
试读阮生诗，揽之欲一咏。
其人已千载，其意仍警耸。
陬生管窥学，所见唯一孔。

纵成词气工，祇为效颦捧。
无如开心室，任其出汹涌。
失笑对谢公，我无鼻可拥。

（二）

独坐一室中，百辙声沸汤。
出作登高望，万象生浑茫。
真人观自在，五蕴皆虚妄。
世界微尘集，化电与声光。
如何歧路子，坐泣说羊亡。

二〇〇三年十一月十八日香港

香江与李国明先生游宋皇台并饮市楼

一角林园向市开，山移土撤已无台。
流连花木新知乐，扪读碑题旧史哀。
二帝南巡天祚绝，九龙北下海涛回。
斜阳唤客登楼去，漫把兴亡付酒杯。

再至香江国明先生邀饮市楼并晤何乃文、洪肇平两教授归得赠诗次其韵

锦幄华灯灿一筵，重逢才笔又翩翩。
回思往事如前日，接续诗情已隔年。
人羡冯生弹有铗，我钦郑老坐无毡。
维湾风月无边在，收入奚囊不用钱。

附何乃文先生原作：

李国明席上喜晤钱志熙教授，归后赋此呈正

末座叨陪在绮筵，灯前玉貌更翩翩。
同施绛帐仍旬月，重检华笺越两年。
老我已成僧退院，骄人差免客无毡。
韩欧事业休推许，此日文章值几钱。

洪肇平教授赠诗谨步其韵

诗句弹丸脱手然，洪公才调更无前。
市楼对酒论风月，岭路传笺咏海烟。
举世痴狂追利涉，几人高兴到山川。
香江景物留吟赏，别后相思各一天。

附洪肇平先生原作：

李国明招饮九龙市楼喜晤北大钱志熙教授赋此呈正

寒夜重逢岂偶然，唱酬顿忆两年前。
当今文采论人物，半岛楼台接海烟。
吐气何妨惊日月，用情直欲荡山川。
生涯淡泊谁相问，烹韵调声自一天。

赠何叔惠、幼惠二老

南来杖履拜诗翁，书翰文章有古风。
更喜春深棠棣树，暖云香馥老人红。

香江几度接芳筵，分茗清谈气蔼然。
我亦客中得尝枣，相逢如见海东仙。

与李国明夫妇、杨丽芳女士同游大屿山大澳渔港纪行

客中赖胜友，处处得游历。
稍倦市尘黄，来赏岛烟幂。
虽隔百里遥，飞车疾鸣镝。
长隧曳电光，虹桥跨海立。
屿山似巨鳌，层峦叠翠积。
环以南溟深，海天共澄碧。
谁知繁华界，却有桃源陌。
不遇避秦人，反入渔家邑。
我心得怡旷，欲弄苹洲笛。
李子摩诘流，诗画皆无敌。
留作他年想，试为一泚笔。
裁句知未工，聊以记所觌。

闽中纪游杂咏六首

小西湖茶室品茗

轩窗洞闼接星光，雅阁风生入夜凉。
一夕小西湖上月，分茶合在水云乡。

鼓山访石刻

铁笔银钩满涧隈，忘归谷里久徘徊。
他年真做寻山客，遍拓东南金石回。

莆田湄洲岛谒妈祖庙甚壮观

驱车一路入莆田，来谒湄洲窈窕仙。
八百年间频祭祀，于今庙貌更巍然。

泉州半日游

泉州贸易昔繁华，文物而今仍足夸。
还记开元寺前过，向人频问刺桐花。

车中远眺洛阳桥忆儿时听蔡状元故事

分柑河口静江潮，千载神功迹未消。
长记儿时侍阿母，剪灯听话洛阳桥。

崇武海滨古城垣

半壁东南抗海氛，尚留残堞对夕曛。
倭儿自古即多事，太息中原少策勋。

二〇〇四年九月二十日至二十九日

咏宋平子、孙征君

一身行事成青史，绝学东南五百年。
忆向岐滨开绛帐，奎华光映少微天。

五月三十夜乘特快列车至武汉

夜发京华驿，朝登黄鹤楼。
江山无限景，都做梦中游。

初夏夜临时清华园中散步偶吟

纳凉漫步过园庭，几簇人家笑语清。
忽忆儿时当此夜，竹床闲卧数天星。

酒店小酌

槐街树色映帘新，小点盘馐减酒缗。
此是京华旖旎景，客中暂作醉乡人。

二〇〇五年七月六日

水龙吟

乙酉夏杪，应黑龙江大学杜桂萍、张安祖两教授之邀，予夫妇与赵敏俐教授伉俪结伴北行，游览伊春。北国林都，世外桃源，清景沃目，为平生所未有。归填此词却寄

壮游万里归来，蜷身还向书窗底。陈编蠹简，炎天长日，车声沸耳。苜蓿生涯，虫鱼事业，古今如此。忆轻车前日，千山萦绕；也曾到，清都里。　　翠岭碧天无际。映澄江，画楼霞绮。龙峦凤野，阆风悬圃，自然神丽。濯足清流，振衣远峤，梦中犹记。算他年招隐，移家泛宅，向此中是！

二〇〇五年八月六日

乙酉夏杪，预会晋阳，暇中游览晋祠，时逢暴雨，流潦遍地，予与二三友人赤足而行，甚感快意。复念八八年侍先师一新先生初游此地情景，喟然兴叹，归于逆旅，成此二绝

行潦纵横满地流，空庭鸟雀不啁啾。
晋祠今日潇潇雨，赤足踏来寻旧游。

山名悬瓮水流泉，不谒桐封十七年。
持我东西人已去，晋阳景色雨如烟。

雨中行车访阳城皇城相府，为康熙内阁大学士陈廷敬旧第，城廓周环，蔚为壮观

风雨行山一脉斜，千岩万壑走轻车。
忽然城阙巍峨立，已到当年首辅家。

减字木兰花·皇城村

太行一脉，水积山萦古濩泽。迤逦千家，十里清川郭外斜。　　丹楼霞起，四百年前名相第。开发招游，风物而今动九州。

游五台

北来常恨看山少，经过忻州眼始青。
松桧参差迎客路，峰峦重叠接飞軨。
佛光缥缈云中见，仙钹悠扬尘外听。
我亦无生观妙法，欲书半偈向秋冥。

游九女仙湖，湖中孤屿耸峙，相传为九女成仙处，湖之南北分为太行、中条两山

天路杳茫不可攀，传闻此地有仙鬟。
驱车来看山中水，打舵还登水上山。
岚色中流分两界，栏干绝顶绕回环。
匆匆未遇郑交甫，落日归帆意趣闲。

乘机自京还温飞经泰山时作

东华小别指归航，万里乘风问故乡。
云下青苍三百叠，计程知是岱峰长。

重到杭州，了无诗兴，十三日游览新开发西溪国家湿地公园，漫赋绝句一首

交芦庵畔漾晴漪，风物如添半鬓丝。
自笑江郎才调减，重游初到两无诗。

晨起触手《龚定庵集》，见《暮春以事诣圆明园趋以既罢因览西郊形胜》，偶作

西山山色落车前，一百年间无好篇。
朝来忽触前朝集，九重阿阁半荒烟[1]。

【注】

①“九重阿阁外，一脉太行飞”，定庵诗中句。

追录客居日本时所吟诗

春日偶吟

武藏原上麴飏尘，又见陌头樱色新。
客里萧条无酒伴，垂帘还作著书人。

忆家

春色含愁重，客怀薄暮新。
妻儿万里外，书史日相亲。

九月二十六日返温讲学，再宿即返

秋江迢递绕州楼，春草池塘绿未收。
二十年来京华客，到乡翻作异乡愁。

南昌机场驱车至九江道中口占二绝

机达南昌未少停，驱车百里九江城。
此行不为鱼虾美，只看匡庐一片青。

渊明山谷旧家乡，自古西江诗脉长。
车上未知风俗美，但看山色似文章。

自庐山返京途经南昌德保教授邀登滕王阁

庐阜归航兴味阑，赣江楼上共凭栏。
西山飘渺风烟淡，南浦萧条云水残。
万里来登意仍少，一篇吟就句粗安。
频年总说盟鸥事，濯足沧流翻觉难。

四月一日至香港树仁讲学一月，小住宝马山纪事

明珠的烁绿波涵，佳丽香江世共谈。
岛市楼台连蜃气，海山灯火照松岚。
五洲衣服文明杂，万国津梁利涉酣。
自笑书生空挟策，销金窟畔树经坛。

仲夏夜中文系酒协同仁什刹海岳麓山屋聚饮，赋俚句纪事

液池夜色漾轻舟，唤侣同登岳麓楼。
佳酿倾来湘黔美，珍馐搜到鳖龟愁。
何妨酒社连谈社，不管歌流盛舞流。
归路满街灯火烂，一挥红袖自清讴。

东瓯田事杂咏　二首

（一）

良田数百昔勤耕，半拔新街半废塍。
最忆当年瓜豆熟，连村响起稻机声。

（二）

膏腴万顷海波连，垦拓还追晋宋前。
借问永嘉贤太守，如今几处可行田。

重游网师园示查、刘二君

网师园古近沧浪，池馆萦回丘壑藏。
山腹客来惊鸟羽，涧唇鱼戏动莲房。
观花品石过闲院，扪碣谈诗绕曲廊。
廿七年前曾照影，重临鬓畔已苍苍。

【注】

园中题石，有“山腹”、“涧唇”，甚爱其别致，因以入诗。

自苏州乘车归乐清行高速公路七时即达，途中多未经之地，作纪行绝句四首

发苏州车站

烟柳吴江绾别愁，白云亲舍海东头。
车程似箭直奔浙，心电如光只到瓯。

车上杭州湾大桥

东南跨海驾长虹，两浙今凭一线通。
地远烟波生渺渺，恍如驰入水晶宫。

甬东道中

轺窗静坐抚征衣，城郭烟村去似飞。
指点甬东山色好，数峰青入碧天围。

温台道中

故园归路杂风尘，到眼青山似故人。
最爱温台地名好，前程已是白沙津。

哭父辞 七首

(一)

七载前吟哭母诗，今朝哭父恨无辞。
刀风箭雨无情甚，摧折儿家椿树枝。

七年前母丧，曾作《哭母诗》七首。今父丧心痛如昔，斯夜全不能寐，思为叙哀之词而不能。古人云：父子间无文。信然！

(二)

递迢医王楼殿高，观书侍父亦陶陶。
记得梦中曾得句，浮云阁雨暗江潮。

侍父住温州附二医院，楼高百尺，病房榻间起居，虽愁苦亦觉有乐。七月一日晨梦中得句：“浮云移阁雨，明月暗江潮”。吾父撒手日正值飓风骤雨大作。今思之，梦中得句实谶也。

(三)

几人福寿荷天私，百岁亲年今觉痴。
羡煞前朝王引老，一生都是作儿时。

余父体素强健，甚望其能度百岁。方今国泰世裕，国人寿命普遍延长之时，此念似亦非奢妄，然今成空矣！清经学家王念孙、王引之父子俱老寿，父逝不久，引之亦去。人赞其一生都是作儿子的时候。堪羡！

(四)

海上神山飓母来，雨师风伯助凄哀。
五旬辛苦儿家父，一隔人天唤不回。

父于东海台风登陆日去世。咽气之时，风雨尤骤。父慈情深重，又复忧儿心切，自得吾等后五十余年间，几无一日不牵系于怀，而总以忧忡时多，欢乐时少也。

(五)

古礼云亡只逐时，略披衰服见悲思。
骨牌麻将皆亲好，传语阿耶莫皱眉。

乡间以丧事为白喜事，近年生活富裕，丧事极盛，规矩日新，大抵以花钱多为隆重耳。而古人俭戚之训，多不能遵矣。父守传家俭德，平生最不喜奢华事，尤厌樗蒲。逝前数日，曾与吾兄言：办事时尽量从简，麻将桌可勿设乎？吾兄以违俗易招人议而难之，未应也。

（六）

茔间宿草已蓬蓬，入室方能阿母同。
今世已无怀桔日，百年只剩纸钱风。

母逝已七载，父至逝前犹念之不已。黄山谷《次韵任道食荔枝有感》：“白发永无怀桔日，六年惆怅荔枝红。”盖得珍食而思父母也。

（七）

匆匆谒墓上归航，哀痛仍难辞世忙。
此后天涯思何处，家山万里短松冈。

乡间风俗，葬后七日上坟，号“印坟”。近年邑人多经商在外，奔丧匆匆，改为葬后一、二日间即印坟。令人更觉情所难堪！又，思字可作仄韵读。

不肖次男志熙二〇〇九年八月拉泪作

减兰·游千岛湖欲谒瞿禅翁墓未果

眉峰绰约，云外琼田栽绿玉。螺髻姗姗，胜似桂林海上山。　　平生耽句，俯首天风高阁语。欲谒词仙，万顷烟波益渺然。

二〇〇九年九月廿日千杭道上作

减兰·中山公园兰室赏菊花盆景

小唇秀靥，瑟瑟秋光开冷艳。绵绣华堂，梦断东蓠高士香。　　餐英旧侣，江上西风吹冻雨。欲撷还休，免惹诗人说蝶愁。

沈凤笙先生挽词　三首

(一)

先生腹笥最便便，流略精详四部全。
绝业平生推礼学，一编菿阇士林传。

(二)

昔时听讲圣湖阴，辨伪斯章剖析深。
二十余年瞻侍阔，犹珍謦咳重吴音。

（三）

世路艰屯经学绝，先生辛苦述前贤。
暮年渐看余霞满，也似西京老伏虔。

注：昔于杭大攻读硕士研究生时，曾听沈凤笙先生讲课，其中讲辨伪一课，印象尤深。沈先生吴江人，讲课带浓重的吴音。

自采石矶驱车当涂青山谒太白墓旧碑题唐名贤李白墓传为杜甫所书

牛渚江头咏片云，回车还拜谪仙坟。
青山地近玄晖宅，乌石碑传子美文。
徙倚丘园生晚蟀，流连草树入斜曛。
临风欲奠无杯酒，揽句匆匆谢使君。

闻词人魏新河上校自西安驾机京中赴友人宴聚

魏子今飞将，耽吟兴不休。
英姿长洒落，词笔极风流。
朋酒宵方永，宾筵乐正稠。
忽传云外信，驾鹤入皇州。

两游黄山赋咏（东冬韵合用）

呼吸真疑帝座通，插天万柄玉芙蓉。
云生宙合疑无地，雨歇苍冥自见虹。
绝岭未通樵子迹，丹岩或有列仙踪。
秦皇巡辙穷山海，此处当年惜不逢。

鹧鸪天

二月二十六夜，梦外出预会。初亦落拓无绪，后至一处层楼，见窗外风景甚美，恍忆似为吴门、桂林之类，不觉意兴遄飞，成一《鹧鸪天》词。醒转词句无存，而意境恍惚仍忆，因依拟之。

浪迹江湖惜霸才，披襟时见好风来。座中人物饶声价，笔下文章有别裁。　花簇簇，树隈隈，缛山绣水涌楼台。金阊灯火桂林月，多少香车乐未回。

五十走笔

去年五十虚，今年五十实。
平生耽文字，能无几行及？
授业客香江，山楼居一室。
今夕复何夕，独抱灯下膝。
妻儿怜我独，电波祝佳日。
杯酒同谁倾？寿面曾无食？
绵绵音在耳，语罢江山隔。
百年偕白头，万里同呼吸。
兄弟每分张，椿萱已两失。
半菽未曾报，终天恨罔极。
去岁哭父襟，今宵又欲湿。
平生事舌耕，原是田茅客。
业疏自须精，位卑难忧国。
传经事最大，百年等朝夕。
无心琢绮语，句法任狼藉。
帝座倘可祈，乞我再五十。

香江纪事

万屋插云霄，千轨走海底。
白云拂绮罗，青山入窗里。
方士谈瀛洲，海客说蜃市。
方壶并员峤，窈窕不足拟。
星辰拱北阙，粤闽连燕蓟。
禹甸及尧封，南戒极于此。
清季积贫弱，神龙遭窃觊。
一割失龙珠，再割侵龙体。
繁丽虽堪夸，丧权宁非耻。
见说回归时，居人半忧喜。
今逢国势兴，渐见回心意。
此亦不足讶，人情重甘旨。
寄言执政者，民生即真理。
仍须知大义，莫令唯利是！

二〇一〇年三月廿七日

浣溪纱 初春纪事

花放新蕾柳绽芽，春阳一缕照烟纱，小园风起嫩寒加。　　倚曲自能成短调，衔杯时欲醉流霞，京华久客渐忘家。

二〇一〇年四月十六日

和陶《答庞参军》奉赠齐教授益寿先生

京西昔初见，倾盖陈好言。
瓯滨喜邂逅，况乃我故园。
烟霞无俗调，所谈谢客篇。
今兹来台岛，执手更欢然。
我亦幽栖士，与世稀结缘。
因感长者意，微怀欲少宣。
春气盈翠谷，桃李满四山。
公其爱体素，育菁享遐年。

二〇一〇年五月十二日

附齐益寿教授和作：

奉和志熙教授和陶答庞参军见赠

忆昔寻古籍，千里入燕园。
既谒仁慈老，遗我长诗篇。
又揖英华少，倾盖结胜缘。
雁宕气如虹，楠溪水若天。
谢客留胜址，重逢益欢然。
今君来海陬，风度益翩翩。
汉魏六朝诗，无所不精研。
鸿文新耳目，讲座惊四筵。
十日共携手，金针喜相传。
愿君多珍惜，得友千载前。
时时惠好音，再会在何年。

与文进兄陪从益寿先生九份镇观光，铭全博士驱车。返途经阳明山作为纪行绝句奉呈

山楼留客赏烟霞，品茗清谈兴味佳。
坐久不知云已散，凭栏下见一千家。

阳明山路足盘旋，万绿葱茏欲涨天。
雾窟云封知多少，相逢疑有海中仙。

二〇一〇年五月十五日

附：齐益寿先生和作：

奉和钱志熙教授游九份返途经阳金公路作为绝句二首同游者王文进教授许明全博士

咏九份

层层迭迭近千家，九折老街穿石崖。
古味依稀惊隔世，山城终岁锁烟霞。

咏阳金公路

阳金路畔树参天，绿浪缤纷漫眼帘。
远近峰峦看不厌，车行一路绝人烟。

次韵世新大学朱沄同学赠别诗

中华文物久，诗礼最堪珍。
所贵传承旧，更须体验新。
典型瞻老辈，事业赖来人。
君侍纯儒席，他年看绝尘。

附朱沄同学原作：

奉送钱教授归北京

尔雅真名士，澹然兼席珍。
大儒风格旧，芳草露华新。
京阙非吾土，瀛洲多故人，
何时更亲炙，梅雨浥清尘。

好事近·威海宾馆即景

华馆矗飞楼，对此一天海色。更筑秋坪似画，隐半峰青碧。　　平生长是欲忘机，今作狎鸥客。遥看沧波深处，有蓬山消息。

谒仙姑殿巨玉雕神像，重三百余吨

辽河巨玉价无前，雕刻从来不计年。
翠羽明珰如梦里，香云缭绕礼飞仙。

刘公岛传为汉末皇室刘公避魏难居此，后经甲午海战

传说刘公岛，居民魏晋前。
桃源安可觅，海上有狼烟。

参观甲午海战展览馆

旌旗蔽日阵图雄，铁舰王师冠亚东。
壮士有心吞丑虏，庙堂无策破强戎。
蛟宫愁见鱼龙泣，虎帐畏闻猿鹤空。
一鉴刘公岛上月，当年曾照血花红。

成山头怀古 二首

（一）

群龙入海气如神，巨石巍峨纪大秦。
千古流言始皇帝，于今物论一番新。

（二）

汉武求仙意未休，日宫高筑海山头。
文成五利知多少，搤腕人人欲列侯。

【注】

《史记·封禅书》载汉武求仙事甚多。初，以齐人少翁为文成将军，后以栾大为五利将军，皆以神仙方术而得显爵者也。云：“大见数月，佩六印，贵震天下，而海上燕齐之间，莫不搤腕而自言有禁方，能神仙矣。”

大龙湫纪景绝句

终古龙湫欲写难，几人笔底恨词殚。
潘江陆海才多少，谁为名山图壮观。

【注】

清人江弢叔有句云：欲写龙湫难着笔，不游雁荡是虚生。

南游白石北天台，咫尺谢公招不来。
底事修文杜学士，只留片语在岩隈。

【注】

谢灵运为永嘉守，至乐清，有《白石径下行田诗》，后居始宁墅，大事游山，曾伐山开路至台州。雁荡距两地，咫尺之遥耳！然未至。又龙湫摩崖有“杜审言来”四字，即唐杜审言也。杜自诩才堪得屈宋为衙官，惜亦未题诗。

遍洒苍崖润紫芝，天风吹动破空移。
宕行雁影还留响，人到龙湫欲斗诗。

【注】

龙湫瀑之奇，在百丈悬流，破空而飞，遇风则左右移动，遍洒苍崖。雁荡又名雁宕，以山顶有雁湖得名。古今写大龙湫诗最多，名作不少，然高下之论亦最多。世传以袁子才诗最工，然乡先鹭山先生著《雁荡山诗话》亦有微议！

几度寻诗兴未幽，每嫌嘈杂破清游。
何当携得横江鹤，来领家山午夜湫。

二〇一〇年十月

杨林日暮怀人

杨林向晚自多风，槭槭翻翻响不同。
最忆故人千里外，何当并立看飞鸿。

二〇一一年五月十六日

初夏偶成

春风别我亦多情，巢燕梁间垒未成。
入夏园林无一事，只看草绿木长生。

二〇一一年六月四日

题黄龙禅师触背关

《指月录·黄龙祖心禅师》：“师室中常举拳问僧：‘唤作拳头则触，不唤作拳头则背，唤作什么！’”予下转语曰：握则为拳，伸则为掌。呼作拳乎？呼作掌乎？本来为一物，毕竟何者为本来面目？盖名随形生，形随事生，无事则无形，无形则无名。因为俚句

眼前一握万形生，扰乱山僧触背情。
寄语黄龙诸上座，等闲放手即无名。

二〇一一年六月四日

题木化石

化石形犹在，无生质更坚。
春风如梦寐，摇曳亿年前。

【注】

晚饭后林大散步，见校园陈列有采自辽宁的一亿五千万年前的木化石，（又称硅化木）。

二〇一一年六月七日

游莲花池怀古

金源旧事已茫茫，王气销沉太液荒。
留得残荷万柄在，柳丝荫里听笙簧。

二〇一一年七月三十日

出河店古战场怀古，金太祖完颜阿骨打曾于此破辽，首战告捷，肇兴王业

草莽还存肃慎风，谁知部落产英雄。
包茅未可轻穷塞，楛矢居然建大功。
王气久消青霭外，血花犹浥紫泥中。
游人不管兴亡事，芦荻萧萧晚照红。

东王庄赁住，是秋多雨，此日晨起新晴，忽忆儿时之事

久雨新晴鸟雀呼，秋阳一缕入房庐。
忽然忆起儿家事，兄弟相随去种蔬。

二〇〇一年八月十六日

晨发京西向安阳接海若短信云初发岳阳转途长沙归沪上

流转乾坤客路宽，君行楚北我燕南。
驿头各缄相思意，万里同分风露寒。

早发林县

太行山势压城头，禾黍苍苍草木秋。
朝发浊漳向清洛，一天云色别林州。

开封纪游

梦华旧迹久模糊，艮岳荒芜汴水枯。
留得樊楼一片月，满城争卖上河图。

二〇一一年九月廿日

龙门石窟纪游

唐碑磨灭佛凋残，千古谁能悟圣凡。
欲证菩提乏心力，夕阳满目下香山。

二〇一一年九月廿一日

游白马寺

绀园珠树碧沉沉，白马传经岁月深。
会得竺摩当日意，清凉台下证初心。

二〇一一年九月廿二日

记梦境

天际微霞露一丝，轻烟淡雾笼西池。
行人不敢高声语，绰约湖山未醒时。

二〇一一年十月二日

夜中醒转难寐，读阳明年谱至三十一岁条“是年先生渐悟仙释之非”，似有所感

雪山葱岭当年事，地狱全空似大仁。
四万八千贤劫里，不知度灭是何人。

二〇一一年十月十五日

近日草写《唐诗分体研究》颇多心得怅然有感

叶落京华九月天，萧斋镇日只垂帘。
明时未必知删述，自选唐诗供晚年。

参加厦门诗歌节便道福建师大讲学，三宿而返，飞机经温州上空有吟

鹭江风月海波闲，闽市谈经一夕间。
三宿南中即归去，白云上面过家山。

二〇一一年十月廿日

襄阳杂句

风日襄阳只薄游，归途仍忆孟公楼。
一编且就车窗读，过尽江山千里秋。

二〇一一年十月廿五日

詹福瑞教授见示新诗集《岁月深处》，诵读之际，兴味盎然，试效遗山体作绝句数首奉呈

平生我亦喜呕赓，总向同光以上行。
今日琳琅开大集，西河教授有新声。

论诗莫较旧新篇，隽永便能万口传。
试向君家偷好语，燕子如梭织雨帘。

【注】

詹福瑞《燕子》：母亲织了一辈子布／大字不识半筐／我至今记得他说过 燕子／是把雨织成帘子的梭子。

沙头鸟迹没丛芜，摹写天然入句图。
此是儿家泅泳地，年年河水涨新蒲。

【注】

詹福瑞《青龙河》片段：／当沙滩上的鸟迹／轻得不能再轻时／那就见到滩头的草丛了／当草丛绿得不能再绿时／那就是青龙河了／在河中有一赤条条的金鲤／那就是我爹爹了。

烟笼乔木月笼纱，林表纤纤露一牙。
万物无声如有语，窗前水色夜凉加。

【注】

詹福瑞《月笼轻纱》：日月潭的夜晚／挂在笼纱的月牙上／无声之声／万物私语着／水悄悄爬上床头／漫成午夜的一丝凉意。

京华柱史拥书城，著作当年有重名。
四海游归头未白，更刊新集出奇兵。

【注】

当年之“当”，为正当、适当其时之“当”。

西溪纪游 二首

（一）

余杭山色入凤城，留下人家草木清。
围得荒祠几湾水，芦花时节卖新晴。

（二）

西溪清绝胜西湖，大姐风华小妹姝。
笑汝销金锅里水，当年无事去沼吴。

二〇一二年一月十九日

谒西溪厉杭二公祠

茭芦庵下漾晴漪，三载重来照鬓丝。
只有婵娟知我意，厉杭祠畔不吟诗。

二〇一二年一月十九日

偶吟

平生只与鹭鸥亲，廿四桥边访旧邻。
一自天涯归棹后，江湖风月属何人。

庚辰岁旦感事

岁角峥嵘又已齐，颓唐形势逐年低。
干时学术风靡草，淆俗文章水带泥。
殿上滥竽能惑主，墦间乞食亦骄妻。
茫茫世事浑如醉，听取春风百鸟啼。

题查慎行诗集

磨镌万首尽清奇，初白庵中鬓已丝。
写到民生仍有泪，算来未是盛平诗。

偶忆乡先生刘之屏有盗天庐集，用折腰格

酒胆文肠一例粗，笑他金马玉堂儒。
长忆吾乡有狂士，斋名敢署盗天庐。

咏木兰二绝，又名木笔，辛夷

忍寒作蕊立风前，万管亭亭直向天。
我亦中年畏才尽，须君彩笔助奇篇。

日下风清芳气加，玉杯万叠醉流霞。
瑶台消息无人报，问取辛夷一树花。

二〇一二年四月十四日

附海若：次韵 二首

（一）

日暮寻芳意转佳，碧桃一片胜流霞。
刘郎不是求仙客，误入天台为此花。

（二）

午后寻芳意更加，落红满地惜流霞。
人言我是怜花客，那识侬原解语花。

再寻语大内海棠园

西园几树杂流尘，粉态脂光一时新。
已觉绿肥压红瘦，不须问取卷帘人。

二〇一二年四月十五日

素园寻春与海若同赋

北地清明后，春光始转浓。
夭桃初缀蕊，弱柳已摇风。
抛卷萧斋内，寻芳野寺中。
梅花不负我，墙外一枝红。

二〇一二年四月十四日

雁山再开夏先生会议次蔡、周、刘诸公韵

峰如群马自西来，松盖亭亭岭上排。
樟叶鹃花萦翠嶂，霓裳云帔下丹台。
故园重到情怀好，良友同游语笑开。
他日青山说青史，三年两度聚英才。

二〇一二年四月廿八日

西郊赁屋夏日雨过

窗前树木绿如涛，尽日啁啾众鸟劳。
我亦无家馀赁屋，愁看风雨压林皋。

秋日游华夏名亭园在陶然亭中

天涯几处有名亭，移入京华存典型。
浸月玲珑依水绿，问天突兀映山青。
拾遗心事从忧乐，太守宾从杂醉醒。
如见长房能缩地，江南万里略行经。

二〇一二年十月八日

武当山遥想，应《武当杯》作

山头金阙自班璘，林表遥瞻紫气腾。
踏磴青云看出没，凭栏白日觉飞升。
仙乡难到人初老，霞侣相期愿未称。
江汉几回挥手别，武当咫尺不能登。

先师吴熊和教授挽诗 三首

(一)

笑谈珠玑满经筵，回首春风三十年。
今日江南感摇落，西湖秋树淡如烟。

(二)

琼林玉树出风尘，合是兰亭会上人。
晚向芭蕉观世法，维摩示病十年身。

(三)

浙东学术浙西词，两派渊源荟萃斯。
通论一编惊创举，洛阳纸贵忆当时。

益寿教授前辈重访燕园，讲学谈诗，陪游连日，临别奉赠

燕园初识记犹新，几度从游接席频。
千里逢迎惊满座，十年风义感斯人。
共谈子美心皆醉，更诵渊明句入神。
拙率平生唱和少，为公今日一披陈。

二〇一二年十一月二十日

附齐益寿教授 和作二首

二〇一二年十一月十六日至二十日重访燕园，讲陶公饮酒诗末首，临别志熙教授以七律一首相赠，虽平生未习七律，亦勉力奉和二首

故都风物焕然新，大气泱泱游目频。
十里长街纷绮错，一湖塔影映诗人。
言从左国多谦抑，腹满诗书气自神。
野老今朝来献曝，柴桑心迹共商陈。

燕园四日步游新，一塔一湖回绕频。
小径秋深堆落叶，勺园春暖见斯人。
相从屡屡欢杯酒，晤对时时喜畅神。
他日斯文终复振，为君斗胆一披陈。

京沪高铁上作

人倚车窗坐，不觉车行速。
但见原野间，茫茫飞群绿。
千里片时至，百城纷接续。
人巧夺天机，地形似已缩。
忆昔通眉客，蹇驴走觳觫。
寻诗一日间，仍未出乡曲。
又忆玉局仙，骨梗遭斥逐。
岭南万里遥，经年走碌碌。

我今怀所思，春申江畔宿。
车行仍觉迟，恨不超音速。
古今岂有异，人心总难足。
匆匆吟章句，安排笑草促。

二〇一二年十一月廿二日

返乡有感

万里乘风未觉遥，又从云路下星轺。
异乡日月令威鹤，故国山川子晋箫。
渐觉功名成拘束，欲将事业付渔樵。
鹏搏鷃伏知谁是，此意人间久寂寥。

二〇一二年十二月十六日

自温乘机返京，时已入夜京沪高铁纪事 三首

千里平原雪色闲，长车直下鸟飞还。
济南过后濛濛绿，便入青徐数点山。

平原一片雾茫茫，电掣风驰自觉忙。
欲倚飞窗怡倦眼，远山近树走苍苍。

车入长淮夜色生，驿头未下报南京。
润常苏锡皆灯火，过尽吴王一片城。

二〇一三年二月一日

乘机返京降落机场时所见

一片川原星火燃，银河落地漫无边。
谁知今夕扶摇客，反向人间看夜天。

二〇一三年二月廿三日

木兰花慢·熊和师挽词

记春风绛帐，尽珠玉，洒芳筵。正劫换红羊，歌停白石，人颂尧天。新编，采山自铸；理源流，疏凿更无前。已见文章华国，更看桃李争鲜。　　婵娟，玉局共蹁跹，人月祝相圆。自湖船别后，寻消问息，暗换流年。惊传，银台落照；正少微，暗淡落星躔。想象玉楼光景，朗吟应伴癯仙。

两靖室主人于旧摊觅得先师小说手稿《英灵传》，晓勤复印一份见贶。携归灯下展读，不禁感慨系之，《传》叙太白家庭东归彰明事，仅开头两篇，属未完稿四首

西山人去十年余，南市寻归一卷书。
今夕灯花亲手泽，珍似流沙坠简图。

彰明旧事叙来新，膝下承欢意态亲。
世上麟儿原有种，凭谁唤作谪仙人。

儿家白玉旧晶盘，飞上云间化月团。
马乳葡萄佳酿熟，翻教唐客忆长安。

开天河岳出英灵，罗列秋旻耀众星。
未许繁华归彩笔，广陵散绝不能听。

鸡鸣寺、玄武湖纪遊 三首

（一）

鸡鸣寺里佛香浮，玄武湖边草木修。
此是六朝烟水地，登高欲上豁蒙楼。

（二）

短艇轻鸥湖面平，和风丽日赏新晴。
十洲草木知多少，绕郭群山分外青。（用邻韵）

（三）

登临处处说南朝，宫井当年恨未消。
只为书生能访古，台城草木亦萧萧。

钟山谒明太祖陵　三首

（一）

玉座朱衣毕竟空，龙蟠虎踞为谁雄。
当时已觉民生重，只恨无人解启蒙。

（二）

神衢古木尽高槐，翁仲磷磷两畔排。
文物而今属民主，更无人采孝陵柴。

（三）

山河百战挫群雄，南北驱驰未解戎。
遗骨如今丘壑底，不知可否比防风。

二〇一三年四月十九日

游石门洞刘伯温读书处

雾锁云关丘壑重，此间景物似隆中。
襄阳耆旧莫专美，瓯越山川亦卧龙。

二〇一三年五月廿日

车过华北所见

千里平原景色同，黍田漠漠树丛丛。
人家村落屋檐矮，此处依稀有古风。

过济南

千里平原指顾间，长车摇曳出京关。
济南过后丘陵出，便入江淮深处山。

过滕州

前程报道是滕州，忽忆孟公曾说游。
齐鲁附庸国度小，不知薛又在何头？

二〇一三年七月十六日

福州路咖啡馆与海若小坐 二首

（一）

六月炎州白日长，市楼一角觅清凉。
奶茶浓酽咖啡熟，午倦沉沉话故乡。

（二）

儿家旧住洞庭湖，门外君山似小姑。
六月荷花开遍未，市楼深处忆菰蒲。

二〇一三年七月廿三日

八月七日再乘京沪高铁四首

其一

千里中原禾黍稠，飞车载我览高秋。
江淮湖海皆过却，一夕行程半九州。

其二

萧斋穆穆感良辰，爽气西山入望新。
忽忆伊人秋水远，买车万里下春申。

其三

千里江山伴读书，此中潇洒古人无。
郊烟村树皆成画，无数郭熙平远图。

其四

飞车南下走中华，鲁北燕南未觉赊。
郊树村原三万画，长烟落日几千家。
逶迤山自济南出，迢递水从淮上斜。
今夜行人何处宿，春申江月未成牙。

二〇一三年八月七日

鄞州王应麟会议四明山庄小住早起寻古径

宋季有大儒，学派尊深宁。
术业通四部，藻翰振词林。
鲰生未有学，与会亦研寻。
下榻得山庄，窗户眺岖嵚。
早起寻古径，朝霞彩翠分。
远岑见鸥飞，近村闻鸡鸣。
石径松针滑，道旁有遗薪。
动我少年忆，樵采事萧辰。
循林欲不返，其奈世情纷。

小住真成客，明日复南行。
人生无根系，南北逐飞轮。
明州亦乡邦，感慨未须殷。
愿随四先生，心学探道真。

二〇一三年八月十四日

题溪口妙高台蒋公别墅崖下有水库

振衣直上妙高台，身后群峰奔趋来。
千丈崖深飞雪瀑，九天云淡泛霞杯。
江东防御策全误，海外图存局又开。
闻说临行挥涕泪，家山梦到却难回。

二〇一三年八月十五日

晚登百望山

太行直上拱京华，第一峰头眺望佳。
下见觚稜生气象，上看崄崿浸余霞。
昆池福海杯中泻，北苑西山郭外斜。
老我流年得此景，不妨吟赏作生涯。

二〇一三年八月三十一日

家乡谈诗归后有怀乐强先生

京邑衔杯几度同，故园相见每雍容。
论诗我重贤人志，忧世君多国士风。
上苑愿看成蕙圃，河阳今喜见花封。
山川旧是吹箫地，应教清音绕碧峰。

二〇一三年九月六日

夕暮望京亭上作

望京亭上望京华，望见京华百万家。
九陌车声剧风雨，六街灯火动龙蛇。
东南海角云旗渺，西北峰头松旆斜。
莫道长安归眼底，怀人依旧是天涯。

二〇一三年九月六日

九月七日凌晨梦中作

小山丛桂格枝缭，燕燕莺莺自在娇。
此地幽深却隔绝，欲牵绿柳补长桥。

山水学齐梁体

随意春风里，江南此景饶。
山形修马僼，水势学蛇腰。
岭路青松覆，堤沙翠柳摇。
客心孤迥处，已见酒旗招。

二〇一三年九月七日

浣溪纱

灯火苍茫走长街，软红无数扑人来；车声如梦耳边回。　　微醉方能成哭笑，长愁何日得开怀；人生有命莫安排。

二〇一三年九月十三日

三游台江感赋呈益寿老师

昔人打桨浪潺潺，今日飞航指顾间。
西望乡园斜一水，北来京国隔千山。
天南花发三冬异，岛上云生五色闲。
两岸盈盈喜清浅，犹思前事记忧患。

二〇一三年十一月廿八日

参加暨南大学古代文学高层论坛临行前暨大明湖小坐叠韵三首

（一）

玉楼倒影浪纹奇，一曲栏杆入柳丝。
此是南雍清景地，临行小坐未移时。

（二）

黉宫儿女乐当时，鬓影衣香拂柳丝。
一路红云啼翠鸟，湖滘开遍紫荆枝。

（三）

岭南冬色胜春时，媚绿妖红羞鬓丝。
归去京华正萧瑟，寒斋日坐对空枝。

二〇一三年十二月十日

车上读影宋本汤东涧注靖节集 二首

(一)

眼前飞树影斑斑，剧动应知心自闲。
一卷常携陶靖节，摩挲旧本过江山。

(二)

怅望白云怀古遥，柴桑心事原寂寥。
如何道学昌明后，只说先生爱本朝。

【注】

汤东涧宋末以理学名，入《儒林传》。其注陶承韩子山《述酒》为哀零陵被鸩事，衍为全篇之注，洵为确论。然其全部陶注，皆全力发挥忠义之说，解以易代感慨之事，其中大半穿凿，而于陶公道意，几无发明，甚不可解也。

二〇一三年十二月廿八日

忆儿时开荒种蕃薯事

南坡北陇略平治，新压蕃秧绿已披。
今日思量旧家计，开荒两字出陶诗。

二〇一四年一月二日

益寿先生寄赠台岛三峡之游写真数帧观摩良久不觉神驰海外

远书迢递海东来，赠我清游画卷开。
水带霞光添闪烁，山连云气助崔嵬。
三人同倚乔松立，二老何须绿杖陪。
珍重摩挲生恍惚，只疑身尚在蓬莱。

附齐益寿教授：

和志熙教授观摩台北三峡之游写真诗，兼谢吴木昆、张坤成二贤弟玉成此行

佳篇甫自冀燕来，雅逸清新淡菊开。
每忆驰车穿树海，长怀拾级陟崔嵬。
四围青翠能忘老，一路扶持胜杖陪。
西望斜阳无限意，人间送暖即蓬莱。

岁暮偶感

辇下由来名利场，却因阅历转清凉。
观人谈笑分双璧，老我图书只一床。
大道纵横冠盖集，寒林空阔雀鸦翔。
吟余负手悄然思，除却逍遥无别乡。

二〇一四年一月七日

坐高铁有感怀古　二首

（一）

一路缩来一路长，江山万里我身量。
神仙方术原如此，始信人间幻愿偿。

（二）

不是神驰身实驰，江湖魏阙共兹时。
始知假物存真理，荀学精深应再思。

二〇一四年一月廿五日

沪上闲居绝句　六首

（一）

八载辛劳购一居，装修亦费半年余。
移家今日商闺额，小小应书爱我庐。

海若购得一居室，复经半载经始，方堪入住。

（二）

疏棂直下是泾河，远屋鳞鳞栉比多。
向晚钩帘相对坐，南窗最爱夕阳酡。

屋下有横泾，水色尚可。

（三）

茭白河鱼色色鲜，红苕冬后味增甜。
不知谙得家衍末，入市渐能问价钱。

旁有菜市，余日逐一至。

（四）

小恙无妨心亦焦，殷勤问暖度春宵。
微烧退后加餐懒，量水调糜未觉劳。

海若偶染微恙，连日低烧。

（五）

乾嘉学术称斯人，十驾斋头说养新。
百里寻来消半日，夕阳如璧落通津。

嘉定访钱大昕潜研堂，久寻方得。

（六）

初八一过天放晴，元宵月色最分明。
华灯如画人如玉，七宝河桥喧市声。

元夕游七宝镇。

宿巽寮湾海王子大酒店是夜风雨大作二首

玉楼迢递九天高，海上群峰入望遥。
称得平生壮观未，今宵梦里有波涛。

万里江潮枕上回，天风海雨宿层台。
鲲洋五月凉如许，洗尽东华百丈埃。

与海若赏南湖夜景

湖山景色步中移，行过平桥灯火稀。
此是潇湘烟水地，月华冉冉上人衣。

登绵州越王楼，太宗八子贞所作，贞以起兵反周复唐被害

名楼毁后复重修，文物犹堪第一流。
自古兴亡如梦里，唯留忠义足千秋。

二〇一四年七月十五日

越王楼登临有寄，台高百米，涪江下注，遥望见富乐山子云亭

绕郭群山分外青，越王楼对子云亭。
临风不发兴亡叹，唯寄相思到洞庭。

二〇一四年七月十五日

越王楼眺视甚远，似觉巴蜀之地尽入眼底，时赴诗会，懒于应酬，登临久不忍下，复成数句

客中无献复无酬，白袷翩翩作薄游。
独自上来还独下，要看灯火满绵州。

二〇一四年七月十五日

七月四日至六日同海若返乡，治疾之余，毅弟为破岑寂，为楠溪江、江心屿之游，来往皆自驾车。六日江心之游，弟媳云凤亦随行。归沪后为俚诗数首纪之，不计工拙，以为他年之思也。绝句二首

年来身体近支离，聊向故园觅旧医。
闻说邻乡山色好，驱车一路觅幽奇。

百里楠江水石斑，千峰秀色未堪攀。
经游不作结庐想，家有青山亦放闲。

过江谒文山祠 二首

(一)

临行馆舍懒淹留，还作瓯城一日游。
直发柳川过白象，还经鹭屿向乌牛[①]。
隔江城市画中出，近海精蓝水上浮。
文物风光遍赏后，文公祠里久低头。

（二）

江心千载祀文公，天日昭心与岳同。
运去穷龙终入海，潮来白马尚呼风。
岂因忠节一家事，只为纲常万古崇。
归后还邀燕市月，涛声携得吊英雄。

【注】

① 鹭屿、乌牛，皆地名。

江心寺谒文信国祠再赋 二绝

（一）

白马秋风入望遥，神州落日浙江潮。
衣冠南渡凋零尽，只有文山祠宇高。

（二）

从来此地吊孤忠，月色江声万古同。
流到厓山应是泪，海波深处衮袍红。

与海若圆明园观荷

莲叶莲花出水长，柳丝静拂午风凉。
画桡经过微波动，似觉鸣榔在楚乡。

读阳明集有悟

二十年来说此知，时抛时拾似童儿。
摘星天上高难问，取栗汤中巧莫为。
凡圣自然同境界，人天隐约每差池。
宵深梦见慈亲面，别后痴儿觉更痴。

二〇一四年十月廿六夜

又一绝

此道从来似登天，今日相看却坦然。
自是人心高处上，任他流水下低田。

二〇一四年十月廿六夜

杂感 二首

(一)

尘土东华日郁陶，故园南望觉程遥。
文章只合名山老，玉甑峰头海气高。

（二）

平生气味与人殊，四十年来形迹孤。
却笑南归苏玉局，不能台阁不江湖。

重过镜春园八十二号感赋

槐叶英英如菜花，绕行又过故人家。
中庭寂寞秋芜没，旧日门生鬓亦华。

一畦秋草没中庭，立雪当年户不扃。
今日光风消息杳，西山墓树几回青。

海南会议归京仍是雾霾天气感赋

跨海归来气未雄，蜷身斗室事雕虫。
京华街术濛濛绿，翻似蛮烟瘴雾中。

甲午岁暮流览乡邦文献感赋

东南文献每萦怀，故国何时归去来。
海出蜃江通地肺，山过雁荡接天台。
讴吟风自谢颜发，经制学从陈薛开。
五十年间稍零落，而今继起仗群才。

【注】

瓯江又称蜃江，玉环岛古称地肺山。

偶吟

万事无头绪，一身每彷徨。
唯知心室内，午夜发奇光。

浣溪纱·词人魏新河拍获齐白石为其师寇梦碧所刻梦碧小印，珍如拱璧，索题

南渡风流奠两家，梦窗花映碧山斜，且镌小印咏词华。　　铁笔几条悬倒韭，丹文一角散明霞，从来法物劫余佳。

二〇一五年一月十五日

元宵京沪两地皆无月，有怀海若

去年元宵节，携手上河桥。
今年元宵节，相望万里遥。
皎皎色不见，郁郁意无聊。
应知人不乐，遁入碧云宵。

百望山下闲居有感

城上青山一角明，经年动我故园情。
江南万里未归去，日日长安听市声。

二〇一五年三月十日

自度曲·拟古

看山看水皆濛濛。一点廉纤雨，满江东。频年心事恨飘蓬，故人梦，无迹似飞鸿。　　肠欲断，情已满，愿未从。依得华严法网，重重境界，影瞳瞳。

二〇一五年三月三十一日

荆芥花谣寄远

荣荣荆芥花，满畦殷红焰。
独行花畔塍，不见花间面。
记曾携手来，伊人惊此艳。
花前留彩照，向夕尚留恋。
今日又重来，花近人已远。
惟余曲池波，惊鸿尚在眼。
长条莫招风，我泪倘欲泫。

二〇一五年五月廿六日

重访药园有感

药园依旧百花开，记叩柴扉携手来。
共说妖娆怜上品，每猜名色困菲才。
秉兰赠芍人何在，报李投桃句歇裁。
吾不忘忧咏萱草，合欢应向梦中回。

二〇一五年五月廿八日

彭城纪游

初至寻张山人放鹤亭

望中景物古徐州，四面岗峦草木稠。
郡守山人何处去，摩挲旧碣想风流。

登云龙山观景台

岗峦环合水平铺，百里湖山展画图。
游子到来迷远近，风光宛转似三吴。

关盼盼燕子楼

楚王台殿剩山丘，霸业雄图取次休。
不及美人有千古，月华如水映名楼。

再咏燕子楼

楼阁千年锁恨长，归来燕子话凄凉。
美人颜色成灰土，只有春风姓字香。

七月九日禽言

五载参差相逐飞，今朝始得翼平齐。
新巢未筑须同力，辛苦衔来梁上泥。

浣溪沙·巴陵纪事五阕

五省驿程不觉长，电驰一路到君乡，南湖迎面水风凉。　　入席无分幼长序，举杯莫问浅深觞，此番真欲话家常。

满壁龙蛇写楚辞，森森古木屈原祠，汨罗江上日斜时。　　归路芳菲绕曲岸，回车要眇咏佳期。楚天晻蔼落云霓。

双柏葱茏依翠楼，槿花几树映人眸，门前十里绿云稠。　　橘柚多栽添硕果，园蔬自摘作珍馐，思量学圃度春秋。

门第荼刘姓氏香，东平堂号不寻常，金戈铁马有文章。　　当日根源出鲁兖，如今人物遍荆湘，檐前近见鹊飞翔。

携手芳堤侵晓初，晨光潋滟满平湖，千条弱柳野风梳。　　唐塔崔嵬仍壮观，周坟寻觅已空无，楞伽山色远模糊。

科尔沁初到

自古诗人多出塞，今看塞外出诗人。
金锵玉响风骚激，雪帐穹庐坛坫新。
草色仍怜千载绿，黍苗已作一番匀。
吟遍江南还庭北，四海于今真比邻。

二〇一五年八月二十一日

重谒当涂太白墓

太白陵园再度寻，曲廊绕遍木森森。
青山偃蹇仍如昔，素志淹沉直到今。
安石不来空逸调，玄晖已去惜清音。
岷峨万里源头水，流过横江海样深。

二〇一五年八月廿八日

调寄忆江南

江南好，欹枕听鸣榔。一树槐花高补屋，几行杨柳矮垂墙。门对碧山长。

二〇一五年九月廿八日

闲居绝句

细雨愔愔自闭门，陈编丛叠著新文。
六街车马杳然远，也是江南黄叶村。

二〇一五年九月廿八日

同海若福州路小坐并过一画廊 三首

（一）

梧桐叶树半青黄，小坐茶楼大道旁。
随分丹铅消白日，闲来城市看风光。

（二）

江南人物半凋零，越水吴山气不灵。
偶到书廊看粉本，几条翰墨杂丹青。

（三）

珈啡苦后有微甜，冰琢淇淋心字圆。
说到清游人意好，从今学做小神仙。

与海若乘沿海线自沪返乐口占两绝

沪杭道上树冥冥，万落千村入画屏。
坐过温台山色好，也如半日看图经。

京华尘土软红肥，两浙山川经岁违。
倚着明窗人似定，远峰清翠惜如飞。

二〇一五年十月七日

广州电视塔俗称小曼腰

驭电飞梯万丈楼，神光离合际天浮。
曼腰细束亭亭立，绝世风华出广州。

南越王墓

越王霸业未全空，玉甲珠襦出闷宫。
堪比秦陵有兵马，泥人排列阵图雄。

连州

骑田岭下路，百里入连山。
谷作金盘列，峰排玉笋班。
州图通楚塞，形势接韶关。
最忆刘宾客，居人犹念还。

参观刘禹锡纪念馆

先生贬来久，身世已遗荣。
高吟和野曲，负杖看岩耕。
自有千秋在，何须一日争。
州人怀旧德，塑像又峥嵘。

连州地下河二首

神宫开辟在鸿蒙，元气淋漓万象融。
莫作小儿强解意，只将人事比天工。

偶来洞里问仙源，驹隙浮生亦可怜。
那得人工似天巧，一根石笋长千年。

2015/11/23

沪上纪游

乙未年冬初，维琦君约正贤君余及青海共作崇明岛之游，两宿宝岛蟹庄，揽西沙之胜，稽学宫之旧，归途复至松江，吊夏内史墓，寻陆平原草堂。此行也，主贤宾乐，朋情欢洽，持螯佐酒，品鲈论诗，多有可纪者。途次吟哦，草占数篇，聊当纪游，并为他年之念。

宿宝岛蟹庄

驱车一路入崇明，岛上寒天寥廓横。
行到渔村寻蟹舍，酒旗掩映两三灯。

崇明岛

百里长沙水上浮，当年唤作小瀛洲。
贾人到此佔新埠，海客归来认旧丘。
霜落家家开橘舍，潮平处处唱渔舟。
良田自辟成棋局，隔岸软红浪自愁。

吊夏完淳墓三首

毅魄灵旗不可招，一篇赋罢续离骚。
云间千古夏公子，三尺孤坟壮旧朝。

通眉才子学吴侬，小小诗成句最工。
却是吴侬无软语，南冠草里识雄风。

馨逸芳菲绝世才，髫年射虎短衣裁。
北庭已没南朝醉，一片贞心寄大哀。

石湖荡镇食鲈鱼

泖湖雨后水流蒲，小阁临河入画图。
会得季鹰风味否，松江桥畔食秋鲈。

小昆山谒二陆草堂三首

濛濛细雨上昆冈，二陆当年有草堂。
最是临歧挥鹤影，洛阳西去意苍茫。

吴国文章第一人，流传法帖亦奇珍。
多君妙解修辞理，只恨诗篇少入神。

二陆声华接二曹，文章门第足相高。
如何国破家亡后，只拟前人不赋骚。

二〇一五年十一月二十九日

保亭县七仙岭

崎岖云路欲朝天，下顾人寰亦可怜。
仙骨已生情尚在，滞留岭上一年年。

宿海南雨林仙境温泉度假村

泉声长日绕楼台，岭上闲云自去来。
高馆临风迎鸟乐，曲廊带水映花开。
仙人近在峰头住，琪树真如世外栽。
我是东华尘土客，桃源虽好亦须回。

二〇一五年十二月二十三日

沪上迎年有感

满市绮罗尽可夸，等闲海上度年华。
黄金布埒疑无地，白玉成楼未有涯。
冷落梅英淡似雪，峥嵘岁尾去如蛇。
东君欲答人间问，江国春云窈窕斜。

二〇一六年二月七日

沪上闲居绝句 二首

蛰居自觉诗情少，戒饮还看话匣空。
赖有凌波能解语，案头日日对清供。

窗前画本苦无多，半影层楼入小河。
却是平桥能带树，和风细雨几人过。

二〇一六年二月十三日

齐益寿先生寄示<奉和沈秉和先生、迦陵师近春口号二绝>谨步其韵并叙沪上迎年琐事

蜗居迎岁亦何妨，案有清供自在香。
闲倚凌波看小景，家家浜上沐初阳。

花影浮香梦醒疑，欹斜细楷学蝇痴。
平生最爱王家笔，早岁曾传卫女师。

十五晚抵台北，益寿先生赐席水源会馆呈座上，是晚齐先生谈颜公靖节诔，剖析甚深，谢佩芬教授出珍酿飨客

水源馆外雨如烟，列坐华灯照广筵。
客里相逢每入夜，酒边怀旧又经年。
一番怀古斯文脉，万里比邻翰墨缘。
前学商量真邃密，更倾玉液品仙泉。

驱车横贯公路览太鲁阁奇胜

天上闲云自去来，峡中怒水响奔雷。
神工亿载已奇迹，更着人间万斧开。

宿瑞穗乡黄家民宿早起

檐头鸟雀自啁啾，岚色云光翠欲流。
树树槟榔贪结子，人家蕉叶出墙头。

花东纵谷行

台岛东畔开纵谷，两重云山相对矗。
中央雄伟海岸秀，仿佛裙钗倚弁服。
驱车直入太鲁中，一条幽涧辟鸿蒙。
半壁凿开悬空路，下有瀑泉似雷轰。
居人昔曾掘鸟道，天际云绕今缥渺。
羽客已去绝攀援，山羊来啮岩头草。
回程循水已昏暗，饮酒啖鲜坡边岸[①]。
明朝还寻众宾欢，舞鹤峰横青玉案。
听话靖节在咖园，品茗谈诗兴味全。
谁知碌碌风尘客，却做蓬莱半日仙。
秀姑峦溪名字艳，似在南华经中见[②]。
旧族人民今无恙，射鱼获稻住绝巘。

骇绿纷红不胜收，一条曲折入江流。
白玉虹桥束峡口，已见双狮海上浮。
万顷苍茫渤澥暮，时见琼楼出海树。
归到莲城灯火纷，依依还恋来时路。

【注】

① 坡岸边：民宿名。

② 庄子寓言有藐姑射山。

香港屯门黄金海岸所见

红树银滩一道开，碧空无际鸟飞回。
儿童自向沙头筑，不管江潮有去来。

临别黄金海岸酒店所作，所对即为文山所咏之伶仃洋

玲珑楼阁住三宵，日对伶仃洋里潮。
琪树琼花依玉宇，珠帘画栋接银涛。
昔人辛苦诗空好，往事沉沦世已遥。
空色色空俄变化，不须怀古叹寂寥。

二〇一六年四月

贵州纪游

平生每负看山约，今到黔中饱看山。
尽日车行青嶂静，有时身与白云闲。
悬泉化雨鱼争出，寒岫藏云鸟倦还。
花髻银环卉服地，欲将身世落乌蛮。

二〇一六年六月十六日

题画

欹桥斜树出中流，对岸群山青入眸。
江上盘陀谁结屋，两三灯火落萍洲。

晚过镜春园偶感

园林经过近黄昏，枝上啁啾鸟雀喧。
高树遮檐仍见瓦，短桥分水每通垣。
王侯甲第从芜没，耆旧青门落叶翻。
何必东华方吊古，此间阅历感云繁。

二〇一六年六月二十日

写 意

山上奇峰峰上楼，晴光雨霭两相缪。
仙人去后无消息，云自苍苍水自流。

二〇一六年七月十六日

夏晚与海若过百草园小坐次老杜水槛遣心其一韵

小阁凭轩坐，楼遮望不赊。
参差咏荇菜，稠叠对荚花。
白玉虹桥立，琉璃鸳瓦斜。
莫言经过暂，相倚即为家。

二〇一六年七月

临江仙·新居

移到昌平州里住，回龙观畔新家。一窗梧叶绿婆娑，侵晨青鸟唱，向晚乱蝉加。　　料理生涯应足矣，闲来赌典分茶。三条小室任攲斜，故山时入梦，枕上有烟霞。

二〇一六年八月二十八日

暂寄岭南校园闲居绝句 两首

蕉叶椰风引暑长，助人一雨入秋凉。
黄昏卧听漕漕响，自琢新词答羽商。

坡草茸茸绿胜油，青山远近叠高楼。
南来似觉吟情减，对此萧然忆故丘。

二〇一六年

自广州至深圳高铁所见，时将返港中授业

处处乡园皆可栖，不知何日得归飞。
水田方罫蕉林阔，最羡人家鹅鸭肥。

改旧作车上吟

沵迤川原倦眼开，吴山数点水萦回。
千里诗情无处着，车窗一瞥大江来。

挽画家李国明先生

余友李国明，粤之鹤山人，少时就乡校，歧嶷有姿。弱冠入羊城，从朱庸斋学词，后制小令数百，雅饬中寓朴散，见奇趣。又曾从李云学画，深造有得，浸古能知化。自此名渐著，谒海内诸名家近百数，晚刊《晴轩师友集》。近而立之年，移居香港，卜宅旺角洗衣街，与港中名胜数辈游，日为风雅之事。搜耆旧词集多种校雠刊印，编辑《岭雅》杂志，与中原坛坫遥相呼应，而君之雅业日以广。余昔于湘中郴州诗会初识君，至庐江重开盛会之际渐稔。后以树仁大学授课，数番来港中。君皆殷勤相接，并热衷张罗，绍介港九诸诗家。鸥盟鹭约，往复唱和，恍如重见民元诸老之风。君以筹办画展等事，曾两度全家北游，皆与余聚约。余亦曾邀京中诸老同君捧袂把盏，惜今亦多已故去。后复张展于通州画家村，山水幛都百余幅，各书以小令、古律诗，雅事非今之工书画者所能具。余近年遇事多冗杂，每觉意思萧然，故与君亦少通音问。今岁夏末，以港大授课时复来香江，携内子访君晴轩寓所。相见甚欢，全家宴余于酒楼。然暗讶别来三载，君已颓然老去，询以书画及授徒、雅会等事，云多已谢去。席间吟摩诘晚年唯好静，万事不关心之句。复询前游曾识之诸老辈，云亦多已故去，或老病不出久矣！余闻之黯然者久之。其间同会者有陈、叶两君，皆好诗书者。横街灯火中与君作依依别，俱约再为后会，邀港中诗友为唱酬事。忽一日，机响见君来电，余甚喜，渠料为君之公子以宁之声，言君已与日前故去。余闻之不胜惊伤，并生人事无常之感！自世界殡仪厅送别之后，又已旬余。前日重经旺角，过君舍外，感慨莫明，因制此诗以凭吊，并叙与君后先交往事云！

粤中有奇士，隐居在旺角。
偃蹇市楼间，日作山一幅。
词学传分春，楷法颇迈俗。
梅花一百谱，媵以小令曲。
频年乐不疲，人歉君自足。
如昔颜闵徒，陋巷甘水菽。
忆昔湘中见，彼此有青目。
庐江重判袂，弥觉襟期熟。
数番客港中，导游遍海陆。
招邀鸥鹭伴，敲诗每分烛。
凭吊宋王台，世远难成哭。
舒啸大屿山，鲲波万重绿。
萍洲几渔家，仿佛避秦屋。
君亦作北游，两度访辇毂。
全家风雪中，过我淀南屋。
呼朋画人村，布展通州郭。
朅来复三载，消息两冥漠。
港校有程课，招聘横苜蓿。
暂寄岭下村，其地近虎谷。
入市访晴轩，全家皆欢乐。
共饮酒楼中，问旧伤耆宿。
君亦增老苍，衰鬓增新簇。
世事少关心，友朋疏简牍。
言子今重来，雅会拟再续。
谁知未匝月，已归前辈录。
虽云齐古稀，于今似太速。
江湖称散仙，从来形容独。
何辞可谥君，欲寻真诰读。
泚笔作挽词，挥泪向江渎。

惠州杂诗 六首

再宿巽寮湾海王子酒店

潮头如雪接银沙，红树青山入望斜。
到此方知天海阔，玉楼十二绕云霞。

海王子公社晒诗会

盟鸥宿鹭旧相知，三载重来似有期。
更上层楼歌一曲，九州今日正昌诗。

西湖谒朝云墓

朝云墓上草离离，吴带当风塑旧姿。
一样西湖山色好，小苏堤接大苏祠。

游罗游山寻葛洪丹灶

山色罗浮翠映人，重来不见葛仙真。
丹砂未就头仍白，且录奇方护眇身①。

【注】

葛洪有《肘后方》。

赵师雄梦梅花仙子处

当年林下遇神仙，一梦风流万古传。
绝胜孤山林处士，妻梅子鹤只虚言。

天水围公园

天南冬至尚丰隆，冶叶倡条弄好风。
最是雍雍群鸟乐，林间几树紫荆红。

浸会大学中文系五十五周年贺辞

浸润文史，会通中外。作育英材，五十五载。
龙塘风月，云阁弦歌。煌煌黉宇，气象巍峨。
曰播曰植，前修是式。既茂其文，复勖其质。
翱翔艺苑，容与书林。骐骥展足，千里骎骎。

香江杂诗 七首

九龙南下海争先，宋室当年此地悬。
六百年间榷盐地，谁从芒角觅遗椽。

【注】

九龙半岛与维多利亚湾隔海相望，地有宋王台，当年帝昺避元师南下，曾驻跸此地。旺角原名芒角村，宋元间为官富盐场驻所。

屯门西望屿山青，港上游轮列画屏。
更筑黄金楼阁好，鲲洋无复说伶仃。

【注】

屯门外即古之伶仃洋，文山经过吟诗之地。西望，大屿山已在目中。海曲逶迤数里，称黄金海岸，有同名酒店，楼阁崇宏壮丽，昔曾三宿。

屏山道里魁星阁，大榜南阳姓氏辉。
今日客中无一事，随人来访上璋围。

【注】

元朗平原多客家围屋，屏山邓氏尤为大族，号称南阳世泽。有聚星楼三层祀魁星，今已六百余年。上璋围亦邓氏围村，为众多围村罕见之保存完好者。俱已辟为屏山文物径之重要景点，暇日多游人来访。

衣冠北望隔中原，百五年间异域天。
莫怪居人尚记忆，我来犹见女王钱。

【注】

街坊名多英伦殖民时王公大督之号，如坚尼地、卑路乍等，英皇道直用大号，太子即英皇太子。旧时铸钱有女王头像，今市上犹多见。

抢掠廛间黉序开，应从海外搜瓌材。
中华学术参旁席，逊室遗臣挟策来。

【注】

港大创立于一九一一年，其时清室崩溃，赖际熙被聘主中文讲席，后又有区大典、温肃等皆曾任教。诸人皆清室旧臣，出身翰苑，故时人皆尊为太史。其实港大沿英伦大学制度，诸公虽为中华旧学耆宿，且为学林最高职衔，然无法聘为教授，只称讲师。其旁席地位，较内地大学中文系更甚。

世变人心日就狂，发挥经术道张皇。
北庠已夺桐城席，此处还宗广雅堂。

港大于创校之次年，延请赖际熙主汉学讲席，先后为讲师者区大典、温肃。赖氏早年以增生肆业广雅书院，长于经学。后以广雅制度讲授经史辞章之学。四载学程中，陆续讲授群经，并以史记、通鉴等为主要教材，研讨历代疆域、户口沿革等问题。其辞章课则逐年皆有，以历代名家之经典传授。此纯为旧学规模，且身为遗老，力排新文学。时胡适之已亨盛名，且渊源西学，曾应聘中文学院教授，辄因赖、区诸人力阻而罢，后校方授其名誉博士以为补偿。以此，颇受内地新学诟谇。然宿学者终究老去，后来难继。此后胡适复绍介容肇祖等人来港谋划改革。又新文学家许地山不但享誉新学界，且曾留学英伦，通梵语，其以西法整理道教等学术，亦多为后来所宗。港大招其为讲座教授，兼学院主任。因得全面改革课程，倡国语教学，虽未全易经史专学，然究竟跃入新学途径。旧学亦以此消歇矣。先是北京大学中章黄弟子力排桐城派，后复为新文学者所逐，并称桐城谬种，选学妖孽。而港中以特殊条件，于五四后仍得延续旧学一脉。然终为后来者所取代。功过是非，未易论定也。赖太史为冯平山寿序云："年来正学沉沦，异说蜂起，举国学者多以芟夷圣贤义理、提倡悖乱言论为能事。风起潮涌，泛滥而不可遏抑，人心日益嚣张，世局日益纷扰。先生知非表彰经义不能止息乱萌，非别创学校不能表彰经义，于是倡建汉文中学于香港。以尊经复古为主，明体达用为归。此校旋归官办，香港大学亦乘时筹设中文学院。"计其所言，虽若恒常维道之语，然未尝不击中新学各派之要害。

宋台痛史诉斑斑，诸老高吟夕照间。
北望中原应有恨，珠帘零落旧宫闲。

【注】

赖际熙、陈文良等人《宋台唱和》，为港中遗老文学之重要节目，以吊宋寓吊清之意昭然。

港中周末，携内子同宏生兄访存存、马克伉俪南丫岛别业，为长句以当纪事，并奉诸兄乞正

故人卜宅近沧溟，跋浪来寻岛树青。
丘壑当门开积翠，图书盈室散芳馨。
清谈瀹茗消暇日，策杖临风倚短亭。
归去正逢豪雨歇，海山灯火又星星。

宏生、春泓两兄邀予与内子登港岛龙脊、游大浪湾石澳观海览胜，归谈时事，故篇末及之

海山缥缈似仙台，暇日登临景色开。
绣岭千重通阆苑，碧波万顷绕蓬莱。
葱笼岛树玉楼密，闪灼云光雪浪堆。
此地从来称乐土，经营端赖济时才。

论词源三首

(一)

草长江南莺乱飞，摩挲旧曲发新机。
三朝阅历沈才子，晚节征歌更爱奇。

(二)

名字渊源每费寻，都云法曲只仙音。
世人不识赵方等，五调歌诗閟到今。

【注】

段安节《乐府杂录·雅乐部》："乐即有箫、笙、竽、埙、篪、跋膝、琴、瑟、筑，将竽形似小钟，以手将之，即鸣也。次有登歌，皆奏法曲；御殿即奏凯安、广平、雍熙三曲，宴群臣即奏□□、□□、鹿鸣三曲。近代内宴，即全不用法乐。郊天及诸坛祭祀，即奏太和、冲和、舒和三曲。凡奏曲登歌，先引诸乐逐之，其乐工皆戴平帻，衣绯大袖，每色十二，在乐悬内，已上谓之坐部伎。"按登歌皆奏法曲，可见法曲的原本意义，是应经法之曲。《汉书·礼乐志》叙汉哀帝减乐，凡乐不按"经法"者皆罢之。故知法曲之法，即经法之意。亦即合乎礼法雅乐。又称"法乐"，亦此义也。后世学者有称法曲来自梁武帝佛道之法乐，盖误解也。又《旧唐书·音乐三》："贞观二年，太常少卿祖孝孙既定雅乐，至六年，诏褚亮、虞世南、魏徵等分制乐章。其后至则天称制，多所改易，歌辞皆是内出。开元初，则中书令张说奉制所作，然杂用贞观旧词。自后郊庙歌工乐师传授多缺，或祭用宴乐，或郊称庙词。二十五年，太常卿韦縚令博士韦逌、直太乐尚冲、乐正沈元福、郊社令陈虔申怀操等，铨叙前后所行用乐章，为五卷，以付太乐、鼓吹两署，令工人习之。时太常旧相传有宫、商、角、徵、羽《宴乐》五调歌词各一卷，或云贞观中侍中杨恭仁妾赵方等所铨集，词多郑、卫，皆近代词人杂诗，至縚又令太乐令孙玄成更加整比为七卷。又自开元已来，歌者杂用胡夷里巷之曲，其孙玄成所集者，工人多不能通，相传谓为法曲。”此亦见世之学者仅以法曲为佛道之曲，而不识其渊源于班《书》之误也。又按：“杨恭仁妾赵方等”，或误读为“赵方等（人）”，如丘琼荪《燕乐探微》中即说：“赵方的五调歌曲即不传，《唐书》又不附录，不独歌词已缺失，甚至连曲名与宫调都不可考了。”此即误读赵方等为赵方。按方等为佛教语，经有方等部，为大乘五部之一。佛教称：方等谓“方正平等，谓所说之理方正而平等。为一切大乘经教的通名。方是广之义，等是均之义，佛于第三时，广说藏通别圆四教，均益利钝之机，故名方等。”杨仁恭妾赵方等之取名，即得于此，亦如北宋李师师的名字，也取佛教义。又王灼《碧鸡漫志》言唐时善歌者，“女有穆氏、方等、念奴、张红红、张好好”等等，似即杨氏妾赵方等。当为贞观中歌人而为贵宦之妾，故能铨集五调歌诗。亦可见初唐歌曲，仍为出于清乐之五调歌诗。至开元以来，此类歌曲工人多不能通，多用胡部之音杂之。

（三）

汉祖还乡唱大风，隋皇经略纪辽东。
不知法曲如何解，最爱杨家气象雄。

天水围龙园

四面层楼围一园，等闲布置亦天然。
蛎墙鸳瓦藏花树，凤阁龙廊带水烟。
小坐暂忘身是客，长吟已觉气如仙。
可惜远山无借景，缭垣未隔市喧阗。

二〇一六年12月14日

青衣公园即兴 二首

（一）

从知此地在天南，气候方冬不觉寒。
城市山林多接壤，闲行随处得奇观。

（二）

荆树葱茏花色妍，自斟薄醴对飞泉。
天涯草草寻行迹，粤雅他年或可传。

二〇一六年2月17日

青衣运动场见国旗港旗同悬有感

大好河山景色奇，紫荆花影紫荆旗。
中枢分府各珍重，莫教撞碎任纤儿。

二〇一六年2月17日

同宏生兄伉俪、存存学兄游塔门岛纪事

塔门在何处，片艇跋浪飞。
我乏济胜具，傍舷略颤巍。
三子皆弘度，谈笑对清晖。
须臾抵沙岸，步上渔人矶。
屋舍尚俨然，竹树映荆扉。
缘坡成山市，肆列海错稀。
更上寻绝顶，沧溟开四围。
青苍望中原，令我心依依。
舆图虽已一，风俗仍多违。
每忆邓公语，感慨有嘘欷。
弃置勿复道，春色正芳菲。
却曲入幽深，下寻雪浪圻。
巨石皆磥砢，高浪发洪威。
悬崖阻路绝，蒙密觇径微。
试攀藤葛上，还觅兽迹归。
苔滑每相戒，棘刺常牵衣。

仍惜腐叶上，花落似珠玑。
遥想夷齐歌，行歌共采薇。
吾人试小险，心懦已欲祈。
先民荜路日，开辟何艰危。
数迷出林薄，前见芳草畿。
牛群共游客，相戏不觉奇。
爽然笑前窘，心情归沐沂。
徜徉海天阔，腹枵方觉饥。
相呼入酒家，岛上虾蟹肥。

寓柏立基学院纪事

山堂密迩接烟霞，下隔黉宫石径斜。
数树依窗自成谷，一楼留客暂为家。
盘飧市远难呼酒，杯棬几明可瀹茶。
最是参禅怀远意，新来文思略相加。

西环海滨公园晚坐

高树深灯吐嫩黄，海天夜色已苍茫。
车通地轴千雷震，城压山眉万室光。
风月一湾围璧玉，绮罗满市沸笙簧。
从来此地难怀古，宋帝台前草日荒。

三月十六日夜纪梦

道山清禁掩重门，福地琅嬛叠暮云。
应是寻仙心未灭，神方检索与龙君。

离港前一日剧雨，次日天青如璧，感赋

雨歇江山若有神，青天如璧送归人。
乘风吾似令威鹤，万里云霄缥缈身。

五月十二梦中作

碧岭丹崖紫翠开，闲云尽日锁楼台。
何当团取飞琼扇，画出蓬山金粉来。

阅闽都文献记杨亿母梦仙入怀生亿事。感余母在日，每念余生日同于玉虹洞李真人仙师，因赋小诗纪之

前身倘是羽衣人，生日偶同李道真。
台阁文章吾岂有，何时归扫玉虹尘。

九月十七夜偶感

百年何短意何长，独立人天感浩茫。
月窟仙根剩多少，欲将消息问吴刚。

磁州 三首

磁县纪游览古有感

连村禾黍满，落日见牛羊。
沟浍分漳水，坡陀映太行。
齐王陵尚在，魏帝冢全亡。
邺下繁华尽，临风感欲伤。

游天宝寨

古寨有奇峰，登攀叹妙容。
美人舒窈窕，古佛礼鸿蒙。
莫道空生色，须知色即空。
一番游览后，依旧乱云同。

柿树鸟呼风，山花绽乱红。
车从丹壁上，村在白云中。
传说曾藏隐，干戈真御戎。
元明存古碣，漫漶认难同。

与李葆国、申士海同房山冯会长、李先生寻贾岛峪，回程经云盖寺，传为浪仙披剃处

浪仙生长地，宅废已无村。
桑梓浑难识，云萝尚可扪。
幽栖多鸟迹，古道满蹄痕。
晻晻郊原暮，回车叩寺门。

韩村河谒贾公祠拜衣冠冢，山中旧居有贾岛松，据云近年已萎死

诗过大历境清幽，郊岛苦吟称胜流。
落叶长安移瘦影，秋风渭水识归舟。
故园今有崇祠立，远客难为殷荐酬。
最是乔松枯萎后，旧栖片迹亦无留。

徽州纪遊　六首

参加第十九届李白学术研讨会入住马鞍山市雨山湖宾馆

匆匆行李到清都，旅馆逢迎倦未除。
赖有客窗明入画，新晴初见雨山湖。

驱车向泾县经过南陵忆太白牧之诗事

芦荻萧萧风树秋，南陵地面水悠悠。
此行尽是唐贤迹，四毂如飞多未留。

车入泾县道旁见宣纸坊林立

徽州自古重文房，黟砚松烟事事良。
欲办宣城三百匹，归来日日学钟王。

游桃花潭入住诗画酒店

桃花潭水绿濛濛，岸上青山黛翠浓。
千二百年无李白，踏歌空向月明中。

谒汪伦墓祠，上有青莲祠

太白文章万古留，汪伦名字亦千秋。
桃花潭水粼粼碧，我到车行未泛舟。

自泾县沿青弋江到芜湖入住碧桂园

碧桂园中随客居，青江看罢到芜湖。
此行遍是沧浪水，不识尘襟浣得无。

雀劳利歌

雨雪霏霏雀劳利，长嘴饱满短嘴饥。雀劳利，歌声苦，我今一吟泪如雨。当年歌者是何人，蹇偃行路阅世情。阅尽世情炎凉态，勘破人生近道真。你争我夺相抢掠，貌仁心佞嘴含伸。短嘴处处显窘迫，长嘴长袖舞如神。舞如神，君莫得意莫忘形，到底人间雨雪日，一朝跌足落沟溽。邓通膡蛇入口相，一国难医一口贫。严介宜，父子柄国万人危，最终身首分儿子，父归旧乡草席卷饿尸。彼首山，亦饿死，采薇歌声惊动天地鬼神祇。雀劳利，雀劳利，汝赞长嘴饱？汝讥短嘴饥？人生何处分是非！雀劳利，我吟离骚九章李杜诗篇千言万语，不如读君一歌两句奇！雀劳利，雨雪霏霏日，千人万人道已迷，雀劳利！

浣溪沙·华容石伏山人家植梅百亩，号梅花源。连日烘云蒸霞，陌上游人如织，争相来观

幽谷春回煦气升，临流万树玉交争；吹香十里正倾城。　　陌上人车多似蚁，花间笑语巧如莺；梅源胜事冠巴陵。

游墨山

玄石逶迤接洞庭，驱车直上翠微青。
陈文古庙遗型在，隋代高僧旧迹零。
一炷炉香随俗供，千林松韵共人听。
冷泉瑟瑟生云母，曾与仙家绣画屏。

【注】

墨山又名玄石山，古人诗咏甚多。有墨山禅寺，又称陈文古庙，俗称高庙。据文献记载，旧有大云寺，隋智者大师曾于此修行。

游华容水库望七女峰，传为七仙女下凡处，国军曾于此血战御倭。

岸曲迂回望碧峰，水光山色两相融。
鱼游明镜如濠上，鸟度屏风似画中。
旧事神仙传杳缈，新篇英烈颂峥嵘。
层峦未得登攀上，一瓣心香瞻礼同。

登天井山，为华容第一高峰

岧峣井宿与天齐，势压巴华万壑低。
衡岳飞云争走北，洞庭大浪日舂西。
上方钟磬度鹰雁，下界笙箫杂犬鸡。
极目长江奔浩浩，雄关真可一丸泥。

瞻刘家宗祠并谒忠宣公墓

湖湘间气毓英姿，直道事君咎不辞。
谋国自能献忠谠，窜边犹可建功奇。
崇祠瞻仰拜遗像，古墓摩挲读旧碑。
闻说丹青流海外，广平风雅几人知。

【注】

《明代名人传·刘大夏》（黄仁宇撰）中提到公之画作《雪竹》收藏于斯德哥尔摩国家博物馆，见该书 1307 页。

回乡纪事绝句 七首

谒白石钱氏大宗祠

朱明旧造歇山式，庑殿深沉祀礼崇。
记得儿时曾上学，几条板壁受寒风。

筹备南怀瑾书院

赫赫名流集海滨，南公书院擘谋新。
文章家国关心事，要继前贤育后人。

与南院诸公同游中雁荡山

瀑泉八折走飞流，玉甑峰头五色浮。
毕竟家山情味好，何年归计住东瓯。

甑阳居陈总设午宴招待

万峰翠拥甑阳居，门接东溟海气馀。
席上山珍连海错，客来不唱食无鱼。

参观南怀瑾先生故居

尚存旧宅近盐池，到处乡人说大师。
我未床前拜庞老，生刍一束奠来迟。

大其心茶舍雅集

案头疏淡画梅花，细细分茶又点茶。
坐到更深人意静，尊前一曲响琵琶。

乐清动车站临发

故国山川分外青，临行贪看翠如屏。
驿头无限迟回意，说与鸥盟旧侣听。

京沪高铁上作

丘峦如岛野如流，知是江原最下游。
黛瓦粉墙村舍近，家家建筑学徽州。

未名湖春初即景

湖边春柳未成丝，浴鸭陂塘寒薄时。
云气仍多留料峭，冰澌渐欲起涟漪。
几行短纸还诗债，不日敝裘添酒资。
待到楼台围锦绣，风光不减习家池。

学道诗　二首

四生八有入迷途，只恨频年觉悟粗。
乞食更衣敷座坐，原来我佛是凡夫。

石火光中藏此身，却从亿劫惹情尘。
都缘误解华严法，帝网重重付何人。

山阳纪行　三首

此间险要迥非群，扼绝秦关楚塞分。
战日干戈纷似雨，平时商旅集如云。
连峰排闼通商洛，众水沿洄向鄂郧。
今日官家重粉饰，长街列肆有新闻。

【注】

漫川关古镇，旧称朝秦暮楚地，为陕鄂交界商埠。旧镇荒萧已久，近年重加建设，以昌旅游。

溪桥原树久相违，偶到商山对斜晖。
黛瓦粉墙绿荫静，丹崖苍壁白云飞。
仙人昔作悬壶隐，巨贾今为布埒归。
尽改禾田出莲溆，不知生计是耶非。

【注】

游法官镇姚湾村，昔有张天顺修道行医于此，传朝赐号法官，因名其地为法官乡。近年巨贾于此建生态农业，政府亦多资奖。村舍一新。并开旅游，莲塘数百亩。

三宿山中又出山，山城回首白云闲。
清风七月商於路，万峰稠叠别秦关。

【注】

客山阳县三日辞别

2018 年 8 月 11-14 日

忆江南

江南好，随意小庭幽。点缀闲花成窈窕，安排新竹出清修。事事足风流。

2018 年 8 月 18 日

调寄忆江南·题七八级女同学西湖合影旧照

江南忆，最忆是杭州。十女湖边留彩照，三生石上聆清讴。往事亦风流。

【注】

《甘泽谣》忆李源圆泽隔世因缘，事在灵隐附近。

夔州纪行八首

机达万州直驰奉节

太行南下是巴山，万里乘风指顾间。
借问夔州风物美，千村百落依丹岩。

游夔门题咏

赤甲白盐势不雄，滪堆如马杳无踪。
江山也怕伟人视，真见平湖渺漫中。

梅溪河

梅溪河即瀼溪，杜甫有瀼西草堂。州人以吾乡王少詹为夔州知州多德政而用此名。少詹号梅溪。

忧时最似杜陵情，合共瀼溪分此名。
万里一官头尽白，居人长是颂风清。

登临三峡之巅有感

万丈临风气浩茫，下看一线走瞿塘。
江山谁主沉浮理，此处应宜叩上苍。

寻白帝城

公孙跃马是何年，蜀帝托孤亦似烟。
若问霸图俱往矣，空馀庙貌尚依然。
江流已改失形势，山色犹多减闾阎。
最是杜陵吟咏迹，鱼龙出没渺无边。

咏奉节

瞿唐峡口古夔州，又看风烟张素秋。
绕岸人家分橘柚，依山菌阁叠琳璆。
迁移或免黔黎怨，锁钥倘惊蛟鳢愁。
多少斯文吟咏地，杜陵忧国总难休。

巴山山行触兴 二首

(一)

巴山镇日倚车扉，百落千村散翠微。
地缝杳深通地肺，天坑险绝下天梯。
到乡稍待霜橙熟，留客还欣雪鸭肥。
最是溪红纷涧碧，欲流赤足愿多违。

(二)

未能扪葛叩岩扉，日坐车窗览翠微。
窥谷氛氲云作海，望崖崱屴石为梯。
菊黄枫赤橘橙熟，菰长蒲生鹅鸭肥。
好处山川皆欲隐，京华留滞愿多违。

西溪忆旧杂诗 三十首

大学当年梦亦难，邓公决策国人欢。
两番考过一番中，红榜题名入县看。

【注】

七六年高中毕业时，正值保送制度，自觉与大学永远无缘。邓公决策，恢复高考制度，仓促应试未中。次年成绩稍佳，有幸入杭庠。其时高考录取公布后，皆于县前布告墙上张榜。

最苦温台山路深，客车趺趺越千岑。
钱塘江上繁灯火，夜色沉沉入武林。

武林门外近青郊，道古马塍名字遥。
说到侬家新校舍，上宁桥接下宁桥。

【注】

道古桥、马塍，地名，皆见于宋代。道古桥为宋代数学家秦九韶建，九韶自道古。词人姜夔死葬马塍，友人为诗吊之：“赖是小红渠已嫁，不然啼损马塍花。”

分得藏身格铺安，七人同室亦团圞。
年龄大小多差别，且做一家兄弟看。

【注】

同寝室序齿，为金健人、樊诗序、吕立汉、冯雁峰、钱志熙、董小军、许贺龙。次年诗序移出，李瑜加入。

文一街连文二街，直到文三学院排。
周日闲暇访乡党，家家宿舍映青槐。

梦里呼儿迟未譍，醒看襆被共行縢。
不知自滴思亲泪，枕上翻讶冷似冰。

文学东西有古今，先生讲义小藏襟。
说来阶级原分别，引出贫民落雪吟。

【注】

文学概论课讲到文艺的阶级性时，引用书生、官员、财主、贫民四人共咏落雪，各有立场。诗句粗俗，至今思之，仍难忍俊！

津京二字最难分，三十六名僧守温。
两度修来音韵学，如今记着尚惊魂。

【注】

张金泉先生授音韵学课，七七课上已随听讲，七八级正式选修。记得选课者需分别为《全唐诗》标韵部，以为成绩，予所承担为徐凝诗。音韵一门，至今视为畏途。

欧洲文学亦纷缤，荷马史诗称绝伦。
莫道西施解倾国，十年一战为伊人。

【注】

外国文学课说荷马史诗《奥德赛记》述及特洛亚战争海伦娜事，先生眉飞色舞，妙语连珠，印象深刻！

外部思潮日日新，旧颁讲义半成陈。
还喜先生开美学，膜拜哥尼斯堡人。

【注】

王元骧先生初开美学概论课，听者云集，讲堂人满。从此康德、黑格尔之名，洋洋盈耳矣！

学问当时太浅尝，不知高下论文章。
期期艾艾沈夫子，叙出官衔百字长。

【注】

当时系里名师仍多，焕镳、云从诸耆宿曾为讲学。中间徐、吴、郭诸家亦多卓越，惜幼稚不知问学也！古汉语课，沈凤笙先生讲述官职，觉奥博之极。先生经学淹通，治三《礼》一时无两，惟语小吃耳。又，龚定庵《己亥杂诗》有“君恩够向渔樵说，篆墓何须百字长”之句，盖官爵越高，封赠越峻，称谓越长。

石渠借到花间集，一片丹黄烂漫施。
检点前贤语似我，最欣近日长新知。

【注】

读唐五代词，渐有感觉，试为批点。对照前人，多有合处，颇以自欣。

空堂坚坐到更深，拥褐攻书凉气侵。
起看西溪冬树影，深枝栖稳两寒禽。

东瀛有客亦随堂，课下邀归合影忙。
上面传来警诫语，外事非轻莫主张。

【注】

日本学者稻畑耕一郎其时来杭大姜亮夫先生处访学，随堂听课。日语班同学邀入寝室，并自食堂买得菜肴招待、合影。事后系里要求详细汇报。

文学当时半浙中，旗手端须推迅翁。
百里寻来三味屋，古轩亭口夕阳红。

【注】

现代文学课教学观摩，赴绍兴参观鲁迅故居及相关遗迹。

影院露天观古今，不畏微雨略沾襟。
原来此事藏深理，讲座邀来导演岑。

【注】

文二街有露天电影院，几乎每片皆看。系里曾请北影岑范、汪岁寒等导演开讲座。

荧屏连夕播新剧，海底西洋有客来。
破些工夫先占坐，礼堂济济集群才。

【注】

系礼堂观电视连续剧《大西洋底来的人》，几至百人空室，每晚提早一两小时占坐位。

人字房梁顶半空，餐厅教室两头通。
课堂未落闻盆响，还笑阇黎饭后钟。

【注】

中文系借用省工会干校舍，共四组建筑，丁字宿舍幢、办公楼、大礼堂外，另有人字架屋梁长透平房一座，分三截，里开食堂，中辟阅览室，最外端为七八级大课教室。常未至食时，已闻盆碗戛击作响，陆续入耳，高压弦诵；脏神活动，渐不闻先生所讲为何物矣！又，唐人王播未第时，寄居佛寺读书，诸僧视为厌物，每于饭后打钟，令播不得就食。播中第后恰授此州官，方丈殷勤迎入，态甚谄恭，播有句云："上堂已了各西东，惭愧阇黎饭后钟。"

西郊户户有芳池，鸡舍鸭栏遍补篱。
绕道闲来游此地，采归桑葚咏《氓》诗。

【注】

当时杭大西边仍为村庄，处处洼塘，桑麻杂植，一种田园景象，不可多得。

春风杨柳一丝丝，苏白堤边初咏诗。
吟过六桥句未稳，吴山如案浸晴漪。

武林坊巷旧知名，故事多传宋代情。
闲自涌金门外过，家王祠下静闻莺。

【注】

游钱王祠。

茅檐昔日读精忠，小学工夫未放空。
今向栖霞岭下拜，天心昭日字青红。

【注】

数谒岳庙。小时读《绘图绣像精忠说岳全传》，殆至烂熟成诵。

栖霞岭下草如烟，一片新凉噪晚蝉。
还过黄龙泉畔坐，囊羞犹可付茶钱。

春色武林入画初，波光潋滟照红蕖。
凭谁寄语苎萝子，此后应名十女湖。

【注】

题十位女同学旧照。又，西施为诸暨苎萝村人。

山花山蝶映青眸，水乐洞前结伴游。
更摄一帧传雁语，儿家今日在杭州。

【注】

题同学水乐洞合影。

学宫岁岁报春来，同舍人家连理开。
我自独来还独往，不同山伯共英台。

【注】

年级女生二十人，成就姻缘者十对，比例可谓高矣！

妾身端坐静其姝，忽见郎来小嗫嚅。
湖上柳堤莺燕软，春光如此出来无？

【注】

教室读书见邻坐两同学有此景。

柳堤一带闹春红，画舫笙歌趁好风。
今日全班同活动，灵犀归去几人通。

注：此亦彼等恋爱同学间常见之景也。

广庭临别奏骊歌，篝火熊熊酒似河。
为说狂欢事多少，圣湖一跃有青娥。

【注】

毕业篝火晚会后西湖游玩，同学多人相赌跳湖。

四十华年一瞬间，西溪旧事记斑斑。
难逃造化推移理，改尽当时少稚颜。

2018 年 10 月

宿马鞍山宾馆早起

灯火阑珊照一州，披衣独起倚高楼。
重湖望去天初晓，数点青山如卧牛。

侵晓行南湖、雨山湖

九山环绕水平铺，楼阁参差接绿芜。
鸥鹭来亲人意好，不知城市在江湖。

2018 年 10 月 18 日

坠车行

巴山蜀水世无比，于中万州尤清美。
昔日一见今未忘，常愿将家移向此。
铁索牵连成二桥，长江万里束成腰。
两岸青山相对出，如此家乡太妖娆。
自有公交通南北，早晚平安日复日。
亦有宝马与华车，一水横跨如奇翼。
平常人人守交规，并道不争各自飞。
今日如何生争执，罗盘失手成祸机。
一车同行十三客，随风倾倒入深泽。
母哭子号人不归，水滨何处招魂魄。
气大从来可伤生，不知何事苦相争？
同舟共济古语在，忘却身亦车中人。
我闻此事内心伤，握笔欲书意彷徨，
平居往往亦遇此，岂必乘车有祸殃。

安陆白兆山谒李白纪念馆

蓬壶东望意悠然，此地当年住谪仙。
梦泽北来通海气，涢流南下接江烟。
未甘安稳营三径，却恨蹉跎负十年。
一入长安多少事，婿乡回首愧陶潜。

己亥除夕送岁 三首

天公作意放新晴，巷陌渐闻送岁声。
留滞京华更何事，自分春茗酌新罂。

燕云回首故山遥，春意祝如东海潮。
记得儿时曾礼佛，随人谒寺上青霄。

抱残守阙世常捐，琐碎虫鱼手自笺。
伏案辰光三百日，何须开笔重新年。

春日偶咏 五首

卅年寄迹住京华，久客人情易忘家。
满眼韶光春好处，一城新叶嫩于花。

新榆嫩柳拥千门，绝胜江南寒食村。
我亦春来勤灌溉，待看秋实满朱盆。

上林车马织成流，胜事喧传满帝州。
伏案倦来寻尺地，数花墙角已迎眸。

生涯无计问苍华，一任星霜鬓上加。
多谢东皇解人意，春来又著满城花。

满园桃李笑东风，开到紫荆花事浓。
柳絮渐飘英渐老，早春一瞥似惊鸿。

三上黄岳有咏

层巅直上叩苍冥，风雨明庭走万灵。
宙合云兴峰出海，空濛日照石为星。
昆冈窅远无消息，蓬岛虚浮少影形。
此地轩辕曾驻迹，欲从岩穴觅仙经。

宿奇墅湖仙境宾馆 五首

山鸟山花不识愁，明湖两岸叠层楼。
人言此是仙源水，流下千滩入睦州。

岗面层层叠柏杉，玉楼高筑白云衔。
门前一片银潢水，疑有仙人来挂帆。

锁断烟霞出碧溪，黟山直下万峰齐。
渔人三宿辞归后，回首桃源路己迷。

瑶草奇花点缀幽，曲桥欹岸约通流。
春芳未歇人情好，闲咏王孙自可留。

琉璃窗外雨如绳，蕉叶鹃花似不胜。
欹枕卷帘看风景，远山无数岫云兴。

奇墅仙境酒店

何人营此山中墅，楼阁透迤水上开。
华馆虚明湖鸟入，绮窗交络岫云来。
神清恍觉仙乡近，气爽欣知世虑裁。
隔岸伽蓝尘表出，晨钟几句落香台。

与晓勤、伟强金山谒先师墓

清明已过草离离，冗贱常惭谒扫迟。
墓树长来真欲拱，鬓华老去亦成丝。
每怀高韵神情朗，永念深恩顾覆慈。
奠罢清浆山色好，松风入耳忆听诗。

二〇一九年六月廿日

重游香港屯门黄金海岸

一片金沙舔浪痕，重来又见白鸥群。
山环岐海城图出，水接寥天岛色分。
圆峤方壶成旧梦，狭斜广陌出新闻。
行吟自觉神驰少，闲咏蕉风椰雨文。

微信群中见友人上传诸暨永宁江人家照片，友人家乡地名为钱家山 两首

村树溪桥一道斜，永宁江上有吾家。
何时招隐同归去，小院丛丛板栗槎。

世事纷纷乱似云，文章平淡少新闻。
不如闲却草玄笔，坐看清江入夜分。

祝内子四十三初度

春松华茂鹤蹁跹，祝尔葱茏享大年。
花木怡情脂粉浅，诗书养志墨华鲜。
东华久住能成味，南浦曾遊亦是缘。
澧芷湘兰颜色好，与君同撷月长园。

二〇一九年七月十二日

西行小集

自京赴兰州机上

燕台直上作飞航，眼底太行山色苍。
河带南来萦九曲，陇原西去绉千冈。
白云植地郊村密，绿野侵沙关塞长。
万古中华端重地，此行颇欲礼羲皇。

重游兰州

少年落拓逐人遊，曾踏皋兰山上头。
旧迹重来归恍惚，前情回忆历春秋。
黄流入市红尘接，紫塞连天翠浪浮。
读罢旧碑漫怀古，更寻高处豁吟眸。

一九年七月廿日至廿九日

雷恩海教授、姜朝晖教授夫妇陪同余夫妇自兰州出发遊览张掖、酒泉、嘉峪关等地，诗以纪行

皋兰山色夏宜秋，塔影河声带晓流。
三宿金城又临发，驿头西去是凉州。

兰州首发

白羊乌犊散平冈，风里似闻酥酪香。
山下连畴山顶雪，甘州七月菜花黄。

甘州道上

祁连积雪耀云端，眺望能生六月寒。
流下平畴滋黍稷，肃州城外绿穰穰。

祁连雪山远眺

续作西行杂诗七首

七月二十三与内子发自兰州，雷恩海教授、姜朝晖教授陪同游览张掖、酒泉、嘉峪关三处。与雷、姜两教授关城挥别之后，继续西行至敦煌，观莫高窟、西千佛洞壁画，登鸣沙山、游渥洼池、阳关、玉门关。此行全由朋友玉成，感谢雷教授夫妇，曾教授、王博士、黄教授、冯教授、朱老师，以及敦煌研究院李处长、敦煌学院李教授、阳关吴馆长诸位的导游与关照。此行不仅得观光览物之胜，且加深对西北地理历史的认识，应为平生值得纪念的一次参观游览。途中续作西行杂诗七首纪之。

帝子绫罗新织成，人间婉转展新晴。
千岩万壑晴多少，一片丹霞雨后清。

张掖七彩丹霞景观。

将军酹酒向甘泉，赢得佳名万古传。
多少英雄说卫霍，髫年十七已开边。

骠骑将军霍去病注瓮甘泉，与战士同欢，酒泉因此得名，泉甚清冽。

野阔风长叫雁群，祁连山势与天分。
此行真出玉关道，落日苍茫瀚海云。

自嘉峪关乘车赴敦煌。

黄沙一片白云天，弱水弯环窈窕仙。
何当关塞无风夜，月牙静映月牙泉。

鸣沙山月牙泉

阳关道上绿逶迤，玉粟葡萄满架垂。
应是西行缘不浅，平生两到渥洼池。

渥洼池边为南湖乡，三十四年前曾过，旧名阳关公社。

古垒千年吹未平，西风犹自作奇声。
汉唐征战知多少，疏勒河边草不生。

汉代长城残迹

汩汩党河向北流，瓜州润过润沙州。
谁知紫塞黄尘地，一片绿云禾粟秋。

党河为敦煌母亲河

挽张桂生先生

相见江湖上，同怀故国情。
壮年长花县，晚岁主诗盟。
消息长疏阔，流传惊死生。
襄阳耆旧尽，双泪为君倾。

挽林从龙先生

楚国多骚士，先生格亦奇。
中州开坫社，后学称宗师。
捧袂郴江晚，蓑刍燕塞迟。
他年感旧录，多写此公诗。

初到池州

树头深绿正油油，尚炎未凉秋浦秋。
更上齐山寻杜牧，几条岚翠接江流。

二〇一九年八月十七日

秋浦河行

夏日曾遊黟县山，秋天来看秋浦水。
山水从来说皖南，况是谪仙曾遊此。
碧溪两岸夹青峰，百里岚光紫翠浓。
峰开玉屏破苍霭，溪铺白练舞碧空。
人家点缀青苍里，鸳瓦蛎墙玉色似。
恍如渔夫入桃源，真疑丹丘现尘世。
安排打桨学漂流，还缘峡谷探深幽。
白云尽处松杉列，百丈崖头见瀑流。
奇景太白亦未到，诗篇空咏锦鸵鸟。
三千大句写庐山，不如移来此间好。
回程已是满落晖，将归城市情依依。
忽见一行白鹭下，几度停车看翠微。

二〇一九年八月十九日

杂兴两首

石榴木柿各离离，正是小园摇落时。
不有凋零难结实，从今别样写秋思。

何须远目送飞鸿，绝赏朱絃亦已空。
蜗角蚊眉营一室，案头安稳注鱼虫。

二〇一九年八月廿七日

宿雁栖湖早起览景　两首

徙倚栏干外，湖山气象雄。
芳湾萦宛转，黛岭叠深重。
宿鸟鸣林薄，晨曦破雾濛。
磨镌当画手，不必托深衷。

拾级穿林上，湖山放眼明。
上方峰岞崿，下界鸟嘤鸣。
圆阁月波静，长桥虹影清。
劳生未有限，暂此赏蓬瀛。

二〇一九年九月七日

雁栖湖再宿拂晓寻山　三首

穿林夜气尚清泠，一片青峰破杳冥。
侵晓来登眺远阁，湖山灯火似残星。

柏旌松盖列层层，晓雾迷离犹未明。
莫道此行君最早，上方楼阁有人声。

小圃谁家学樊迟，黄花冷淡在东蓠。
玉簪半折紫薇淡，正是秋分白露时。

二〇一九年九月八日

二十七夜梦至寓居近处园囿，景极清奇，因琢诗咏之，醒后唯记“上京寄迹有闲居”一句，试足成一律

上京寄迹有闲居，地近东华紫禁余。
奇石当门涌雪浪，闲花布径散云琚。
柴桑未返赏篱菊，淞浦将归食泽鱼。
援例长吟欲怀古，前朝台殿没荒墟。

二〇一九年九月廿七日

谒太白墓拟黄仲则

举国正昌诗，同来拜君墓。白云岭上悠然来，我欲因之寄深慕。呜呼君有大才世不用，东西南北类转蓬；伤麟原是圣贤志，歌凤无妨狂者风。且上青天揽明月，不须蹇曲哭途穷！高冠岌岌同屈子，餐英结茝亦相似。诗句长留日月光，汨罗采石同一死。扬葩汉魏沥晋宋，并时唯与杜陵共！各有长绠汲千古，一复一开相为用。玄晖何幸得君知，低首澄江如练词。穷泉埋骨恰相近，招邀还有谢客儿！飘零最怜常州客，九月都门秋风白。渠有薄才可追君，深情踏遍青山陌。我辈风雅消沉后，亦知持花一酾酒。诵君风月三千篇，要令清芬满宇宙。

二〇一九年十月十三日

新年前夜梦中赋诗醒转唯记颔联足成一首贺岁

玉箭金壶催晓鸡，相逢陌上祝新禔。
六朝楼阁风流盛，一代衣冠人物齐。
嫩日未能融雪草，凝寒犹自沍冰泥。
今年最觉元宵近，留取春笺咏彩霓。

庚子立春后两日遇雪，时疫疠正烈

皓皓无声尽夜吹，九州道路益凄其。
伯强猖獗微阳渺，玉阙苍茫惠气迟。
闭户居然能静坐，读书忽尔起遐思。
生年正好逢庚子，遍地饿莩堕地时。

【注】

《天问》：“伯強何处？惠气安在？”王逸章句：“伯强，大厉，疫鬼也，所至伤人。惠气，和气也，言阴阳调和则惠气行，不和调则厉鬼兴。”又《黄庭内景经·肺部第九》：“肺部之宫似华盖，下有童子坐玉阙，七元之子主调气，外应中岳鼻齐位。”又，肺之神曰“颂华”。

六十自寿

春阴漠漠草芊芊，庚子重逢六十年。
当日饿莩多转侧，如今毒厉又流传。
傭书颇费大官粟，释耒全荒南亩田。
护此发肤酬父母，惜难杯酒酹龙阡。

庚子时疫杂诗 三十五首

庚子岁首，疫气转狂。不但湖北一境严封，全国多省，亦皆爆发疫情，纷纷启动一级响应。端赖死守，采取各种措施，减少病毒传播，十四万万众，皆同力矣！而封城民众罹患尤深，病亡巨多，至有减灶者。今疫情虽已控制，但举国仍不得放松，大中小学皆未能正常开学；工矿企业，虽复工仍怀慄慄之心。且近来此毒流于海外，日韩伊意美等国，纷纷爆发，正不知何时方得平静，寰球同斯凉热也。余无能于役，禁足萧斋四十余日，读书习帖之余，每流览网页以排闷，所闻所感，发为呻吟。诚古人所谓春鸟秋虫，感于气而自鸣，不知其所谓也！同人览之，或亦有感于斯文！至于修辞之际，或露悱恻，是亦人常情，圣人云：诗可以兴、诗可以观、诗可以群、诗可以怨，非是之谓乎？

其一

大街小巷悄人声，口鼻全蒙蹀躞行。
回首疫情三十日，惊心最是武昌城。

其二

八医发帖共呼吁，警局传宣戒罔诬。
曲突徙薪成语在，此中消息却模糊。

其三

随园食谱沈苏方，千古未闻蝙蝠汤。
饕餮无心成祸首，人人痛恨说馋王。

其四

髦年八四又驰征，防疫严于救火情。
举国同钦钟院士，几番仗义为苍生。

其五

疫情似火正蓬蓬，九省通衢一旦封。
黄鹤楼头清冷月，长江无语自流东。

其六

染疫人多就诊艰，家家求告泪潸潸。
传来消息稍安慰，雷火双神镇两山。

其七

爆竹声中又一年，几家欢乐庆团圆？
几家流落归途上？寄语羲和倒着鞭。

其八

津梁管制减交通，不是防人防小虫。
可惜知情迟几日，瘟君着翅已如风。

其九

县县州州说隔离，疫情紧急已能知。
今年佳节奉迎减，只有微波可寄辞。

其十

衮衮诸公何噤声？八夫冒险说真情。
奇冤未白一夫死，烛泪波光照夜城。

其十一

春雪无声入夜迟，沉沉闭户学张芝。
法书符箓知谁好？正值神州疫厉时。

其十二

最怕江城噩耗传，连朝又是雨绵绵。
深宵无计呵天问，开读南华第四篇。

其十三

生民有病几人吟，壮岁难为九牧箴。
祝圣声多歌哭少，从来文体即人心。

其十四

千医受命赴江滨，面有春风术有仁。
岂不怀归缘义重，一篇礼赞缟衣人。

其十五

连理枝头结实初，别夫抛子急悬壶。
一朝染病春兰绝，痛煞双亲唤掌珠。

夏思思大夫

其十六

杜陵昔作新婚别，今日新婚别几人？
最痛将婚彭博士，鲛纱燕服绝良辰。

彭银华大夫

其十七

提榼路旁夫馌妻，连旬未见尚分离。
娇儿远望难趋抱，食罢白衣泪水漓。

有妻防疫一月未归，夫闻其护送病号经家门，抱儿备饭路旁待之。曰，且食此餐，儿念汝矣！

其十八

泪水欲侵江水咸，全家四口病相衔。
谁修世界南丁录，应记中华有柳帆。

护士柳凡年五十九，本已退休，参加防疫，父母与弟及其本人先后染病亡。惨不忍闻！其弟传闻即武汉电影制片厂导演常凯。

其十九

陌上百花次第开，北迟南早斗琼瑰。
今年春色孤负尽，禁足人人不出来。

其二十

海外传闻更九州，疫情遍布近全球。
真成五浊娑婆界，何计飞昇学女牛。

其二十一

新笋登盘二月天，陌头犹自少人烟。
万家黉舍明如镜，不见青衿返学廛。

其二十二

诗人劳怨唱哀鸿，一片嗸嗸向北风。
可笑毛公能粉饰，万民离散尚歌功。

读《诗·小雅·鸿雁》有感。其为流民之曲，辞略云："鸿雁于飞，肃肃其羽。之子于征，劬劳于野。爰及矜人，哀此鳏寡。"又云："鸿雁于飞，哀鸣嗸嗸。"《毛传》曲为解之曰："鸿雁，美宣王也。万民离散，不安其居，而我劳来安集之。至于矜寡，无不得其所焉"可谓善粉饰矣！

其二十三

死者已休生者存，封城多少未招魂。
雷霆雨露皆天意，难怪恩官说感恩。

网上热议某书记号召封城人民感恩。

其二十四

自古民心不可侮，一删再责若为情。
六书异字困洨长，惊见奇文出火星。

近日网见流传最早在网上发布疫情的艾芬的采访，艾芬是发哨子的人。其文旋遭网警删弃。于是出现多种外文的译本，及倒读文、篆书、六书谐音、摩斯密码，精灵文。最奇者为一种自称为火星文的版本。总计有百种之多。洵为网络奇观。许慎，洨长，有《说文解字》。

其二十五

结集纷纷祝捷先，疫情未解已宣传。
我诗不入石渠阁，只作荒村野叟言。

有征求防疫诗词作宣传用者，多婉辞。

其二十六

已缓春寒日减衣，公园处处斗芳菲。
武昌城外犹严密，何日神州解疫围。

其二十七

奇祸从来是酿成，一篇读罢太惊心。
请君良夜抚膺问，纱帽民生孰重轻。

其二十八

不务词高只叙情，篇篇日记出江城。
中原多少文章客，唯见方方未噤声。

读方方日记。

其二十九

词客哀时有庾信，苍茫子美发高吟。
文章萎靡无人继，只有方方见苦心。

其三十

都说方方奇女子，劝君莫与论高低。
文章山谷存前诀，但留真实落毛皮。

有教授名流多人撰文指责方方。黄山谷句：皮毛剥落尽，唯余真实在。

其三十一

室有新花食有鱼，春光依约来徐徐。
传闻西海游仙地，也学黄民闭户居。

百余国发生疫情，朋友圈中见友人传来纽约疫情信息及禁足不出，居家防疫的生活照片。

其三十二

殡宫车马到徐徐，万户伤心捧焚余。
小雨霏霏人默默，招魂何处觅灵巫。

湖北终于解封。网上传来照片及报道，三月二十六日上午，汉口殡仪馆外排队领取亲人骨灰。情景伤惨，目不忍睹。荆楚古行招魂风俗。今日则唯追责之后，方得招魂。

其三十三

肆虐欧洲复美洲，人间小小一寰球。
蜗牛角上争何事，石火光中不自由。

伊朗、意大利、英、法、德各国都爆发新冠疫情，近日美国亦爆发，纽约号称世界都会，最烈。全球确诊人数已达六十万。死者逾万。

其三十四

长江北上水溶溶，汉水西来带好风。
困守愁城七十日，武昌今日解严封。

其三十五

黄鹤仙人昔日游，何时重到赋登楼。
江山无恙生民病，芳草萋萋鹦鹉洲。

四月八日，武汉封城解除。

题兰亭序帖

名家结集在山阿，修禊流觞感慨多。
千古风流王逸少，龙腾虎伏写临河。

谁持真帖入玄宫，千载书流想望空。
仿本褚虞让承素，也难摹勒见宗风。

魏晋时称门阀为名家，《兰亭序》原题《临河叙》。

二〇二〇年三月廿四日

小儿行

己亥之杪庚子首，毒疠汹汹中原走。家家防疫严闭门，巷陌愔愔少鸡狗。有儿六龄伴阿爷，父母赴工在天涯。平时生活已辛苦，少稚老病相交加。绵惙之际对孙子，阿爷如何此时死？室灯暗淡风凄凄，坠地针声能入耳。爷死幼儿知不知？唤爷不醒儿声嘶。哭到三更恐爷冷，为曳大被细覆之。日前阿爷曾吩咐，门外毒虫莫出户。牛鬼蛇神飞满天，儿何敢出儿独卧。门上忽闻剥啄声，网格人员恤民情。惊见三尺蹒跚出，听儿叙罢泪涕零。明朝消息遍禹乡，十亿人民皆心伤。乐府旧传孤儿曲，拉泪为写小儿行。天苍苍，地皇皇，谁家小儿未安康。在位明公读一遍，一觉睡到天大光。

外编（一）

桐窗诗课

（一九八二年至一九八七年）

秋雨

今年秋暮雨，依旧接寒潮。漠漠围平畴，盈盈度江皋。鸟趋绿罗伞，人过小白桥。沉酣望山色，楼阁想六朝。

暑假家居绝居（三十首选四）

（一）

时听鸟语答空山，亦有樵人独往还。
为爱清风石上卧，不辞荆棘觅深湾。

（二）

棒槌激水浣衣喧，笑语声声遏客船。
须臾携盆归去尽，一弯新月照前川。

（三）

青山到晚总无言，碧水浮光过稻田。
日暮淘沙人去后，满滩闲泊轱辘船。

（四）

浅水新秧冉冉风，隔村古木夕阳红。
小窗截得山一角，卖与齐璜入画中。

苏州杂咏（选二）

（一）

连云樯橹战归时，碧血波光流恨迟。
剩得鸱夷舟一叶，琼田万顷载西施。

（二）

娃宫幻后是浮屠，残霸空王次第居。
过尽空空仍是色，春风花草满姑苏。

【注】

灵岩寺传为馆娃宫旧址。

周日值雨

书窗漠漠接梧山，似坐余身紫翠间。
旧雨来人今杳杳，新枝巢燕故还还。
应知南市烟尘净，坐觉西郊花事艰。
守定寒斋勘蠹简，劳生今日未能闲。

中秋西湖无月

藉草青樽满地铺，蓬莱三岛尽仙姝。
婵娟不入湖心碧，闲却风流水一湖。

硕士论文草稿毕，成诗志感

草罢玄章纸尚余，蛮笺裁作十行书。
绮情奥理都成癖，冷雨潇风尽化竽。
秋色一窗勘蠹简，客床半夜结跏趺。
天涯为解慈亲念，病体还须重起居。

登宝石山感怀

天涯岁暮客心悲，点检年来事事违。
聊可消忧唯好句，最难解释是绮怀。
敷水条山寻梦迹，蚁穴蠹简惹尘埃。
人寰奔走乞余热，笼得寒风两袖归。

感遇

牢落生涯只益诗，吟怀错迕及秋时。
呼鱼不击冯谖铗，对酒当歌宋玉词。
未必圣贤皆寂寞，唯应词客尽愚痴。
深宵欲唤婵娟问，红泪阑干满楚蓍。

读《弘一法师》二首

（一）

风流都入旧蒲团，影事前尘作梦看。
一曲长亭送别后，声声梵呗落空潭。

（二）

茶花颜色似昙花，曾入维摩居士家。
收拾连环锁子骨，袈裟经卷葬年华。

岁暮

孤卧瓯滨阅岁阑，微愁嫋嫋上心端。
诗因债重须勤课，梦亦鲜欢已尽删。
莫问青春换华发，唯将白日弄铅丹。
扬雄不解文如土，独抱萧斋数日寒。

松台山下闲居漫裁二律

陈编蠹简作生涯，人境结庐亦不哗。
谁谓图书味同蜡，浑忘岁月去如蛇。
心光凝作春风梦，电火烹来谷雨茶。
更思一事真堪乐，朝餐松露暮餐霞。

【注】

旁有落霞潭。

支离学艺向朱伻，不事田耕事笔耕。
长吉歌诗驴背得，谢山著述病中成。
诸生风纪如游勇，顾我形模亦野僧。
相对天花开讲席，漫将燕说作谈经。

二月楼杂诗 三首

（一）

清风洒面展诗思，竹影横斜入暮时。
岚色沉沉人欲定，南楼端胜谢家池。

（二）

五陵裘马断知闻，身在江南深处村。
不劳故人寄一信，开门放入四山云。

（三）

二月楼中书味熟，石龙泽里落霞生。
阿连不作归家计，应欲池塘诗梦成。

寄答新弟

阿连万里寄诗章，壮志骚情满一肠。
河岳英灵重唤醒，人天旧事更评商。
无多名酒浇垒块，有限人才降上苍。
碌碌雕虫何足计，玻耳牛顿共斯觞。

慈山南麓谒叶水心墓

拂拭尘碑拜墓前，青山无语我无言。
蹴天鲸浪三千顷，埋地龙光八百年。
海内文章分鼎足，江淮军策赖筹边。
九原欲起先生问，乡国何人是后贤。

瓯江轮上吟

立向舵楼海气温，青山送我下瓯门。
日边帆锦胭脂色，江上秋云淡墨痕。
趁浪鸥群四五点，粘天渔舍两三村。
季鹰也有乡关感，不寄天涯故旧闻。

家居抒怀

慷慨高歌已不弹，雄心摧折作清欢。
门前拟种陶潜柳，壁上新除王吉冠。
料理田园生计足，纵横书史酒杯宽。
小村住久成滋味，浑忘宗生旧挂帆。

雨夜忆旧日旅况寄客中两弟

衡门风雨可栖迟，翻忆飘流在客时。
杯酒祛愁成羁旅，一灯如豆寄乡思。
仲由此去应求米，东野归来不赋诗。
却念天涯存两弟，秋宵心事总相知。

读陶集 二首

（一）

涉世亦云浅，未觉生浮气。
晨读渊明诗，满心生愧意。
斯人羲皇上，清风来无斁。
勖我慵懒子，耕耘作心地。

（二）

翕翕炎洲里，九衢尘如雾。
我求素心人，于焉栖息处？
相对无言语，怀抱已尽注。
愿言不得酬，黄卷归独晤。

晚过望江亭小立

沉沉暮霭渡千帆，缥缈洪波夕照间。
海国鱼龙应可见，神山鸥鸟自飞还。
不挥阮籍回车泪，应作苏仙扣棹弹。
独立江亭人不识，秋风微展薄罗衫。

游江心屿（四首选一）

欲卜荒湾作我家，绕庐十亩种梅花。
读书灯里千层浪，浴鹭栏边一碗茶。
每乘泥车游下泽，不因裘马忆京华。
鸥来唤醒荒唐梦，回望江头日半斜。

晚眺

红云冉冉涌空波，向晚登临良意多。
湖海秋声遍地角，风烟落日满城歌。
宁向愁边悲镜发，欲从天外看山河。
当年我亦骑鲸客，潦倒人间百事讹。

秋夜读《易》

茫茫尘海梦迟迟，独展残编对酒卮。
屡味忧烦方读易，渐亲穷薄反无诗。
佳人消息关山隔，寒士心期蟫蠹知。
莫向蓍龟寻卦象，秋虫吐语正丝丝。

读《苏曼殊集》

凄绝南朝一病僧，樱花树下伴调筝。
停梭暗识牵牛恨，掩瑟犹羞司马情。
北地烟花苏属国，东瀛心事郑延平。
如何更与阿蛮说，蹈海当年不帝秦。

读《慎江草堂诗》《盗天庐集》

舅氏惠示乡前辈先生黄迂《慎江草堂诗》、刘之屏《盗天庐集》。二公皆清末民初人，诗虽未得称卓然大家，然亦颇具工力。刘氏尤多敏捷之才。黄氏与陈石遗衍有过从唱酬，集中言其叔文集序亦乞陈宝箴撰，盖在当时亦入流之诗人也。嗟乎，二公者距今未逾半世纪而诗名已湮没无闻至此，真信文章事业之难矣。又慨吾乡文献本少，而散失如黄刘二公、熙所未寓目者又不知复有几许。因制数诗纪之，亦不避后生尔曹之讥，聊为贻笑大方之评。

残编入眼最堪惊，俯仰之间迹已陈。
文献凋零遗老尽，凭谁只手护松陵？

《松陵文献》乃江苏吴县之乡邦文献集也，高旭编撰未就而身卒。高氏与柳亚子同里，南社三大开山诗人之一。

前朝开派同光体，也到东南海角来。
斗胆后生评一语，风华稍逊此诗才。

黄公诗似染同光体气味。唯恨求平淡而风华大损，每有近于枯率之处。

刘郎高卧盗天庐，豪气元龙可共居。
岁晚田园无事老，谩为儿子写分书。

刘公诗尚豪放，序亦称其人似陈同甫者，微带江湖粗疏喧肆之病，然才思敏捷，善联语，集中有为两儿分家所制联帖，颇可喜。

新诗写罢一灯青，掩卷无端百感生。
谁定名山事业价，家园入夜梦沉沉。

一九八四年一月廿九夜旧作

外编（二）

二月楼诗草（一九八七年至一九九七年）

医院楼上观书并览远景

川原环城邑，连山到海门。
长风浮众响，远树带孤村。
登览微愁出，闲吟佳意存。
收心读书史，万象任驰奔。

伴筱敏医院值班，楼高可览虹桥全景

伴君当值处，依坐对秋曛。
天远孤云渺，楼高众响闻。
半城花树合，一水市田分。
久惯天涯味，乡关欲隐沦。

秋意

凭栏秋色入边城，明丽不生摇落情。
日下云分晴雨色，江南山作浅深青。
墙瓜渐少荫仍在，园桔已多霜未临。
惆怅西风无限意，莼鲈正美却须行。

村居 二首

（一）

流水荒湾绕小村，豆棚瓜架掩墙门。
呼归鸡犬儿童喜，屋上秋山带雨云。

（二）

一角青山露晚晴，数村烟树入霞屏。
衡门书熟无多事，爱听家家唤食声。

闲居遣怀 二首

（一）

斗室居邻废料场，小河水浊少垂杨。
未能拦得诗人眼，海畔云山郁翠苍。

（二）

能宽心境自欢愉，机器隆隆我读书。
读到忘情更何有，万重高浪涌江湖。

有感

浩荡生涯计不成，苍茫国事我何能！
文章劫后龙蛇远，山水秋来风雨生。
极目诸天秦客醉，凄凉泽畔楚人行。
倚窗吟罢无言立，怅望夕阳海气沉。

秋雨

横飙天末起，百里结穷阴。
溪雨江声接，山云海气迎。
芳林仍积黑，岚翠已微晴。
立久高楼暮，潇潇湿短襟。

虹桥即事

小镇千家邑，入秋风物妍。
楼台延野秀，街市枕溪烟。
瓜果堆山毂，鱼虾上海船。
年来通利涉，港货亦源源。

携妻将女自沪返温百灵轮上作

万里鱼龙国，凭虚作快游。
苍茫天地阔，萧瑟舵楼秋。
已览清凉域，更生红软愁。
神山如可接，举室入扁舟。

携家夜过京沪线作（是行抵沪后将由海上行）

依窗坐寐达三更，胁下风雷梦自惊。
电掣山河飞片影，星流灯火过千城。
长房缩地非无术，徐福寻仙亦有程。
差似举家游旷远，中原回首望神京。

辞家吟

青山相揖又相迎，旅味乡情逐岁深。
龙泽狮峰应笑我，南船北马总输人。
依依渐老乡园柳，碌碌犹居京国尘。
回首石仙高卧稳，何年乞我白纶巾。

【注】

狮峰、龙泽，皆山水名。石仙即道士岩，又称玉甑峰。妻初入吾乡，谛观，言其如仙人高卧，妙得形神，发吾乡之千年未得，余因名道士岩为石仙高卧。

虹桥东郊漫步

浅草红泥一径微，东郊向晚景依稀。
马头山色随云去，鸦背斜阳坠水西。
隔岸村炊烟冉冉，人家野语乐祁祁。
吟成忽笑真多事，却似迂儒有象诗。

同筱敏访蒲岐古寨城

古寨遗明制，关门草色秋。
烽烟曾抗倭，民气尚同仇。
市井鱼虾满，营田稻菽稠。
振衣东郭望，海氛未全收。

虹桥小咏

店牌金字映清流，一曲虹桥月似钩。
小样繁华来上海，不须骑鹤下扬州。

偶作示妻

诗魔文债总相寻，也似膏肓病里身。
我本无才君不解，投锄悔作苦吟人。

南窗看云吟

我穷四壁对夕曛，犹拥南窗万顷云。
一抹斜开鳞波淡，仿佛坐我沧江濆。
秋江清浅尘不到，点点芙蓉临风笑。
亦欲涉江采芙蓉，人间苦无云中棹。
此梦纷奢太徒然，短梦俄散万重烟。
转思伏案南窗下，泚笔赋作闲云篇。
朝云金花亿万朵，昼云兜罗似锦裹；
晚云变化十分清，还山高士凌虚鹤。
红云拥日似赤烧，白云挟风似退潮；
黑云带雨海倾倒，宇宙山河齐动摇。
此时南窗心慑慑，一身渺渺劫外小。
震电鞭云云有声，无数奇峰雨前生。
须臾江山雨脚净，云外残雷气亦平。
此时看云入山去，峰峦叠叠云缕缕。
似到昆仑阆苑地，仙袂飘飘霓裳举。
舞罢霓裳向人间，云自无心意态闲。
经过南窗似招我，问我何年入名山。

游淡溪水库遇雨

云光岚色碧氤氲，一抹垂虹界水痕。
不觉行行襟袖冷，空山灵雨过前村。

去淡溪水库道中作

烟霞痼疾总难除，又办芒鞋去淡湖。
但得名山坚我约，甘同顽石托人车。①
双溪水竹玉无价，一片新秧锦不如。
渐觉尘怀多野兴，云中鸡犬已相呼。

【注】

①山民运石小车，来往皆搭乘。

与筱敏虹桥东郊晚散看云有作

芳草夕阳鸦背红，看云日日到溪东。
天风疑卷千层浪，海气俄成百丈虹。
浓淡似开花烂漫，苍茫渐映月朦胧。
渊明一曲浩歌罢，世事无凭叹转蓬。

轮船上见群儿戏水

侬家生小住河湄，爱作中流竹马嬉。
忽见船来齐拍水，浪花湿得客人衣。

寄新弟沪上 三首

(一)

海上秋风起，天涯弱弟存。
嗟余伸纸笔，共汝话寒温。
气爽鹰睛疾，程遥骥足奔。
宵深宜早寐，莫作问乾坤。

(二)

朝上春申浦，暮归百尺楼。
低吟免骇俗，浩叹不同俦。
兄弟曾谈笑，人天欲冥搜。
忆君年少日，意气在吴钩。

(三)

当年耕垄亩，诸弟共行歌。
一室书声熟，千峰月色多。
生涯可冷淡，壮志莫蹉跎。
百岁重搓手，不惭双鬓皤。

戏咏小寓柬新弟

省赋闲居与小园，先生学舍只如船。
连朝细雨青毡上，尽夕狂风黄叶边。
敢效杜陵歌偪仄，欲从玉局舞蹁跹。
机云入洛真堪羡，犹得三间数百椽。

辞家前作示妻

镇月游山还醉酒，浑忘旅约到人前。
未穿腊屐辜余愿，不拔金钗赖汝贤。
似是心期成老大，非关儿女苦缠绵。
风烟看惯豪情减，北辙应吟励志篇。

辞家车上吟成抒情二首寄筱敏

（一）

剩此光阴弹指间，良人一去即天涯。
倚窗欲握风分手，望辙无言泪满衫。
午夜情怀伤落寞，中年事业叹艰难。
加餐二字千回写，莫道陈言是等闲。

（二）

家山携作梦边看，又买飞车别浙南。
半担行囊人落拓，一天海色水澄蓝。
群峰点点如招手，行树重重欲扑颜。
毕竟乡园情意好，过窗细雨湿青衫。

车过望湖宾馆忆妻曾在此留影

望湖宾馆叠湖楼，照影伊人曾此留。
忆向紫藤花下立，一园树色亦温柔。

吟成后回想照片上并无紫藤花戏成一绝

怀人情绪似团麻，诗句吟成意小差。
回首玉楼期后约，他年补照紫藤花。

列车过江感吟寄妻

青山一发别江南，红软京华明日看。
此地望家千里渺，独身作客十年寒。
风烟掠野长愁出，乱笛惊心短梦残。
忽忆古人诗句好，何时携手入长安。

车入京门作壮语寄怀

山河过眼壮心生，万里长拷不问程。
大泽龙蛇翻五色，中原风日带千城。
人材济济游名庠，行李萧萧入帝京。
斗室行藏吾何憾，未须蓬雀笑穷鹏。

未名湖晚兴　二首

（一）

残花老柳意萧疏，水涵云林绿锦铺。
独携一编临怪石，要看秋月满平湖。

（二）

燕园万树蝉声劲，月白风清渐渐休。
让与秋虫吟切切，相思一曲上心头。

次妻夜思韵

情怀缕缕终难诉，独对秋灯梦欲驰。
安得相思如皓月，清光万里报君知。

足成三年前同妻观夜潮绝句

白马素车天地摇，海山灯火亦飘萧。
谁知一点蛾眉月，翻动沧江万里潮。

未名湖岛亭夜坐有感

乡愁触忤客凭栏，碧树重重玉露寒。
万里风尘来蓟北，一湖水月似江南。
名园地接娜嬛馆，绛帐人分苜蓿盘。
飘泊生涯文字海，燃犀夜夜作幽探。

读东坡诗　二首

(一)

三唐之上周旋久，阮生陶令同杯酒。
今朝重读宋元诗，我是苏公牛马走。
数编日向眼前开，群籍如山纷移后。
恰似旧雨故人来，一时冷落新交友。
公诗妙处不能说，乾坤雷硠人天手。
未生造物浑太虚，忽然一念万象有。
从豪放外寄妙理，于有间处运无厚。
出户幽人本无迹，横空奇翼岂有偶？
浩露满天黄州鹤，长江万里武昌柳。

武侯祠柏四十围，黛色擎天天不受。
雄健婀娜杂流丽，玉环飞燕无肥瘦。
西施嫫母人间面，公诗宁可论美丑！
虽然我岂知公者，防公胡卢急掩口。

（二）

忧患人间理，公然我亦然。
我读公诗得悟此，似披瘴雾睹青天。
公如武昌艨艟舰，我是双溪舴艋船。
公愁万斛乘潮发，我愁一斛系岸边。
公似赤壁矶头横江鹤，我是黄叶林间抱柳蝉。
造化禀赋有大小，生民之性原相连。
我愁因公解，公愁向谁言？
恨不起公九原下，为公一日捉马鞭。
转叹此意无人会，沽酒归来读公篇。

湖边山桃初发

未生绿叶不成妆，浅约清寒立小塘。
待到浓时更回首，方知消瘦是春光。

湖山闲眺

绕湖林木亦分重，华馆崇台剪剪风。
倒影柳花残照里，有人梦过浙江东。

迎春花初放

离离黄玉破残寒，采采风华春意酣。
渐老情怀畏折取，殷勤绕树百回看。

偶题

信是无才莫戒诗，每遣薄感作微辞。
花迎人笑流年恨，月照客愁中夜思。
江左风流非不好，济南名士可相知。
情禅忏尽芬芳在，未似秋虫吐语时。

偶感

二月春光满蓟州，倾城行乐我离愁。
红巾谁揾英雄泪，白絮乱飘游子头。
四海论交真落落，六街觅醉亦休休。
临风多少伤怀意，寄与家山云一丘。

次新弟秋思韵

关山迢递雁来迟，蓟北江南各有思。
轼辙还家犹在梦，机云入洛欲当时。①
百年莫叹艰难业，数卷须成棠棣诗。
若是秋风逢冷落，披衣慈母手中丝。

【注】

① 促其入京考博。

一九九一年十月上旬

附新弟原唱：秋思

秋风海上梦迟迟，黄菊茱萸有所思。
穷巷颜回箪食日，游方季子敝裘时。
飘零红粉青衫泪，萧瑟藤萝芦荻诗。
无奈流年成岁暮，玄霜添得鬓边丝。

浣溪纱

晚至勺湖，见秋水萧萧，莲叶尽凋。思年来苦乐，俱非寻常，触景生情，作此数句记之。

携手人来花满湖，相思人去叶全枯。平林风月晚归乌。　　秋水蒹葭寻旧梦，金风玉露叹今吾。明年能共种芙蕖？

秋怀 八首

（一）

蓼红苇白忆江湖，旧梦扁舟载酒徒。
赤壁矶头招独鹤，白门城下觅藏乌。
六街黄叶秋思老，半壁青灯客病苏。
世事都非古人远，元龙豪气一毫无。

（二）

不见江南倜傥生，敝裘漫刺洛阳城。
人前须作千般诺，身后谁期万世名。
日午衣冠看车马，夜阑风雨对灯檠。
五湖羞报沙鸥晓，岁岁秋光负旧盟。

（三）

临风谁作一枝箫，引我乡魂不可招。
缥缈征鸿过东浙，凄凉云物吊南朝。
白公堤畔吟情好，苏小祠旁人意娇。
最是武林秋未老，条条草色似裙腰。

（四）

落叶心情几许哀，辞条犹作舞千回。
明朝秋雨和泥醉，往事春风入梦来。
雄主缠绵歌旧曲[①]，诗人潦倒弃新杯。
天涯亦有伤怀意，选胜唯应上蓟台。

（五）

海甸风烟草木黄，登临高阁览连岗。
日边几处归鸿雁，眼底何人见帝王！
断碣残碑皆痛史，华堂锦瑟亦愁觞。
东园又报萧萧下，难得阮生不作狂。

（六）

洛下西风又几旬，江南千里老鲈莼。
青山有约思招隐，黄菊无言解忆人。
麋鹿难消巢野性，蛤蟆岂羡在官身。
著书谩说兰台好，老屋荒村亦俊民。

（七）

车如流水走长街，百里雄城塞上排。
白玉楼从云表出，黄金台向土中埋。
伯鸾投足适吴会，元叔低眉逐计偕。
顾我经年更何事，唯赢乡泪夜频揩。

（八）

冷淡生涯冷淡诗，倚床吟罢夜深时。
虫声到枕商工拙，月影临窗报速迟。
一部钧天闻广乐，百年缀网吐劳丝。
是儿真欲呕心血，且喜慈亲远不知。

【注】

① 传汉武帝悼李夫人，作《落叶哀蝉曲》。

一九九一年

秋尽

飞鸿去后冷燕台，秋到无声意更哀。
枯树唯存风骨在，残年剩看雪霜来。
相期鲁酒招人醉，唱彻吴趋送梦回。
珍重东园都绕遍，晚香数点尽成灰。

雁山晚兴　二首

八七年季夏同筱敏游雁山得末句，九一年十二月足成，写呈一新师。

百二峰峦归路奇，晚云无数羽仙姿。
与君共拂苍苔石，坐到千山入梦时。

归路风蝉已不嘶，人家隔水晚烟迟。
斜阳落后闲云好，坐到千山入梦时。

忆江南·寄内

风初定，隔水飏春灯。纤手分开花朵朵，齐眉行过叶层层。深处听流莺。

登孤屿作

涉江怀古意，独上浩然楼。
一屿人文盛，千田苇荻秋。
梵歌传水寺，渔唱起苹洲。
丞相祠堂里，心香久滞留。

渡瓯江怀东瓯王事

一线潮头上海门，城垣飘缈水天痕。
鸥飞平野追风日，人倚危樯酹酒樽。
光气欲浮蓬岛出，山河曾作霸图存。
舵楼怅望江南北，生长驺摇何处村？

一九九〇年初冬

东瓯怀古

海角当年霸业尊，山河带砺汉庭恩。
又瞻庙貌新图像[1]，谁是驺摇旧子孙？

【注】

①王庙新修。

京沪线上作

铁笛长鸣过百州，山川形胜未淹留。
呼风啸雨天横立，曳翠翻红野竞流。
终古全消驴背恨，此身真作鹤头游。
明朝归向长安市，应把横眉看五侯。

车过常州有怀黄仲则

携得君诗伴旅囊，似君身世较君忙。
州头遥爇心香去，应是随风到两当。

立春后一日同诸兄弟、筱敏，携雷侄、白女，游中雁山诸胜　壬申

缁尘未浣洛京衣，旋办芒鞋上翠微。
芳草来寻仙子国，春风又过钓人矶。
三都献赋名终贱，十日游山愿不违。
商略他年可招隐，更攀藤葛扣岩扉。

咏雁荡山

奇树苍崖太古情，吴根越角幻层城。
龙湫瀑自空云落，雁荡山疑海气成。
住久樵人皆羽化，游来凡骨亦神清。
他年若作逍遥客，应把邈姑呼小名。

游八折瀑作

云外飞桥一洞烟，清溪白石色苍然。
雁声半带涛声去，潭影全空日影悬。
洗过青山春自好，袖归玉汉我疑仙。
何当携得横江鹤，来写清游第二篇。

题《溪山万卷楼图》

一段溪光皎似雪，风拨四窗来皓月。
是谁作此溪山楼，万卷图书森然列。
山人年少颜正丹，京洛声华挥手还。
黄金半赠椎埋后，持半归来营此山。
松青沙白夕照里，把酒青山读青史。
月黑风高鼪鼯号，残灯击节读离骚。
离骚读罢不问天，百尺楼头伴云眠。
不知人间今何世，一梦还到羲皇前。
人间学术总琐琐，元气还归山里作。
他日山人归去后，名流百辈纷寻索。
吁嗟乎！山人身世终寂寞。

为中文系元旦联欢会作祝寿诗二首

（一）

草根生意未全回，更着春风羯鼓催。
预借秾桃花百树，尊前献与灌园才。

（二）

半生辛苦育韶华，岂止河阳一县花？
白发春来不辞满，更铺新绿到天涯。

颐和园竹枝词二首

（一）

春红一陌斗春烟，郎意侬情花欲燃。
更放鸳鸯双子艇，人间亦是小游仙。

（二）

平湖锦带束成腰，小样武林春色娇。
自是燕姬身力健，飞虹高过六条桥。

毅弟自家来京疗疾。时值冬候，作此慰之，兼陈勖勉之意

君行万里满风尘，首似飞蓬褐似鹑。
小别迩来形更瘦，长安初到气非春。
屠龙总负支离学[①]，示病真怜摩诘身。
归去江南春九十，花光如海看兼旬。

【注】

① 朱伻曼学屠龙术于支离疏。三年学成，而无所用其技。见《庄子》。

新正将近，次山谷觞韵诗寄诸兄弟

空劳子夜还家梦，孤负春来共举觞。
海内几方隔兄弟，人间一味剩炎凉。
信知远道骅骝步，其奈长湖鸥鹭行。
最忆旧正寻翠事，全家携手在羊肠。

一九九一年冬

秋日荷塘二首

（一）

败荷依旧雨飕飕，冷落西风蝶不留。
我亦无诗为料理，任他水月自相酬。

（二）

空花已谢波痕淡，断梗尚漂霜色浓。
都将年华供梦寐，徒劳心事到飞鸿。

上野公园赏樱花作三首

（一）

玲珑花底共传杯，倾巷相呼看满开。
东邻人物风流甚，光景依稀似玉台。

（二）

飘然一影落蓬壶，东国名花识面初。
今日阿难空结习，莫将残雪点春裾。

（三）

残阳如血水明霞，客到花前最忆家。
莫向忍岗岗上望，丛林点点欲栖鸦。

一九九四年四月

游上野公园精养轩有怀郁达夫王映霞事二首

近阅王映霞回忆录，知郁、王原定假精养轩行婚礼，后以故未成东渡。郁氏“好事只恐天妒我，与君拟买五湖舟”或即谓此，因有次首。

（一）

才子投荒瘴海间，佳人已不唱刀环。
暮年心事垂垂老，却有春风梦此山。

（二）

陶朱事业愿成空，辜负富春江上风。
自是君家儿女事，是非更莫怨天公。

减字木兰花·戏咏三四郎池

三四郎池水木清华，境甚幽邃，为东大校园内名胜。池为江户时大藩前田家旧物，作心字形，盖镰仓后日本传统园林常见之池沼形式，象征禅宗证心之说。此池原名育德心字池，后因夏目漱石小说《三四郎》中叙及，故至今俗呼三四郎池。

午阴漠漠，风定闲花池面落。鸟语清圆，来
证曹溪心字禅。　　浮荣何在？辜负春深花似海。
让与诗人，三四郎池说到今。

初客东瀛梅雨有作

武江城北叡山限，深巷沉沉客思裁。
听雨从知春已去，抛书似觉梦初回。
沙尘京国摧残柳，烟水江南涨旧苔。
看到杜鹃花事后，黄梅消息满蓬莱。

夜雪忆汤岛梅花

天神社里百株梅，未到寒深不满开。
今夜武州一寸雪，罗浮仙梦共谁回。

丸尾教授与其夫人邀余全家游览箱根诸胜纪游五绝句

强罗

华车缓缓入涧阿，渐觉窗前积翠多。
二月箱山风日好，一行松雪到强罗。①

强罗公园

名园依旧锁春寒，雪色未消花色阑。
独有一枝极乐鸟，发人云想与霞餐。②

游芦之湖

缁衣未拂两京埃，却向晴湖照影来。
四围山光浸冰玉，九天云物在霞杯。

箱根缆车

恍惚已成空际身，下看千岩万壑春。
儿童欢喜邻车过，招手云间笑语真。

遥眺富士

霞衣缥缈御天风，海上群山此独雄。
见说纤云收去后，窈窕秀色满关东。

【注】

① 强罗，箱根镇所在地也。

② 游强罗公园，百花未放，温室中有花名极乐鸟。

东游将归留别

七年襆被在燕京，小住扶桑亦有情。
月下寻诗过浅草，花前对酒赏繁樱。
春风全觉游人老，海色平添别意盈。
归去沧波一万种，五云冉冉隔仙城。

京成线电车上赠别户仓教授

一年缓缓亦匆匆，到得临歧别意浓。
后日萧斋应有梦，樱花万树叡台东。

机上别日本

神山宛转似青蛾，回首扶桑花事多。
长记踏歌原上路，繁樱如雪酒如河。

闲居杂诗 二首

(一)

身居斗室无从乐，心上羲皇未肯还。
忽然幻作怀家梦，一庭梧叶看成山。

(一)

一握陈编世便捐，浑忘吾室只如船。
夕阳曳过当窗树，满院蝉声杂语喧。

梦境

仙家栋宇迥不群，万卷图书正散芸。
藤络绮窗纷夕幌，风翻花叶乱朝云。
远山明灭生金碧，近水涟漪漾锦纹。
一自嫏嬛清梦后，车头十丈是黄氛。

题《贺双卿集》四首

(一)

老大无成伤仲永，娉婷留句贺双卿。
薄才我亦田茅子，不读钱塘冯小青。①

(二)

江山如梦雨丝丝，天实生才天不知。
欲奋萧斋草玄笔，骈文来序女郎词。

(三)

暖雨无晴漏几丝，[②]人天境界女郎词。
从今莫奋雌黄舌，说与金朝才子知。[③]

(四)

护花心力不回天，众手相搓只枉然。
未许乩坛问消息，仙葩早发皕年前。[④]

【注】

① 双卿农家妇而能为诗词。

② 双卿句。

③ 遗山以女郎诗讥少游，读双卿词，知女郎诗非必纤艳也。

④ 双卿处蠢夫悍姑之间，困顿泥涂，众才子虽欲护惜而不能，事见史震林《西青散记》。震林辈喜扶乩。

园亭晚坐

废沼荒台落照间，登临物我未相关。
残阳已带飞鸿没，深树犹传市语还。
旧梦江湖劳想象，新亭风露坐阑珊。
人生长是刻舟误，一百年间情不闲。

鹧鸪天·读夏承焘刘永济诸前辈集有感

护惜陈编亦有人，唯愁精爽渐湮沉。难将杖履追前辈，只乞心传向古真。　书百叠，纸千层，几行果与风雅亲。文章瓦釜雷鸣久，欲辨雌黄枉费神。

平台晚坐

浴罢新凉半袖纱，平台树影落交加。
碧天一月凉于水，风味依稀似故家。

一九九七年五月十九日

鹧鸪天·雨后鸣鹤园湖亭晨坐

一晌心情似水清，寻诗独到小湖亭。辞春舞柳腰微重，经雨欢荷靥始生。　蛙阁阁，鸟泠泠，游鱼唼喋树头行。车声九陌三条远，可奈江湖旧梦醒。

鹧鸪天·重读《千家诗》有感并序

吾出田舍，居近山近水世界，承半耕半读家风。衡门篱舍，篾床泥灶，不无董遇三余之乐，高凤漂麦之痴。祖父昔为村塾师，不谙生计，田园都尽，居室复罄。平生所蓄，唯有藏书一二百册耳，复遭“文革”之劫，或卖或焚，逮余识字，仅存数十编矣。中如《幼学琼林》《古文观止》《增广贤文》及《三国》《说岳》之类，悉取枕读，而《千家诗》尤所惬心，朝夕讽咏，太半成诵。七八年考取高校后，似此丛残旧籍，俱未携出。其后虽有寒暑省亲之便，然再无董理旧日蒙物之心思矣。八七年与筱敏同游西湖时，曾于湖滨书肆购得新印本《千家诗》一册，欲于暇日课其吟诗。然其后数年间，余北上，敏南归，劳燕分飞，关山迢递。筱敏虽有心于学咏，然终少同赏同吟之日。九二年筱敏携白移家就予于京华，此书亦随行李而至。然斗室方丈，丛杂旧籍尽置箧底。荏苒复经七八载，今番移家，起居稍广，因添邺架以庋惠编，旧物遂出幽得显，常在目前。茶饭之余，著授之暇，每取闲咏，有故人久别重逢之乐也。回首儿时青灯滋味，不觉恍已廿载，则又不禁感慨系之矣。因成俚词一阕记之。岂畏人讥句陋，唯甘自哦情满云尔。

打草归来日已迟，柴门板凳坐哦诗。阿娘饭熟儿书熟，唤过三回总不知。　　泥滑滑，雨丝丝，庭前漂麦任人嗤。今宵重把陈编读，回首家山廿载时。

偶吟

东邻百间屋，拔地出层霄。
夺我看山眼，使我飞鸟劳。
赖有庭前树，临窗生绿涛。
看作连峰色，一洗心郁陶。

一九九七年六月八日

盛暑游中山公园。时送白儿入大会堂参加小提琴排练

金水河边百亩庭，曲廊回合树冥冥。
稷坛略识前朝色，社柏犹存辽寺青。
旧史谁伤千载事，名园我借半天清。
皇州尘土炎如火，日落长街不欲行。

咏怀

未空忧患事，长作雀虫游。
饮露蓬间月，餐风篱落秋。
鲲鹏从语笑，猿鹤忍包羞。
已醒图南梦，聊随造化游。

晚兴 二首

（一）

满壁斜晖满院蝉，心旌扰扰晚凉前。
还从酒冷茶香后，妥帖新秋一味禅。

（二）

大千世界万音尘，来撼萧斋渺渺身。
虚室白生襟袖冷，只余肝胆尚轮囷。

不寐夜行

雾满槐街草满庭，独行夜气觉如冰。
不知谁是寻诗伴，星宿无言小虫鸣。

读《天风阁学词日记》敬题二绝

未曾阁下拜词仙，惆怅三因欠一缘。[①]
人物永嘉天下士，不从乡里论先贤。

浙西一脉广于斯，拜手姜辛蒋史词。
唤起温韦看境界，[②]一江春水走如之。

【注】

① 吾与瞿禅先生同里同校且渊源出其门下，而未得一拜荆。

② 瞿禅早岁问学于朱彊村，盖出于浙西词派而变化者。曾执教之江，寓月轮山。又其论词绝句赞后主词云：“唤起温韦看境界，风花挥手大江来。”先生词境亦清新自然豪迈洒脱，故仿其句颂之也。